SAMURAI 7

Novelization

Atsuhiro Tomioka

Vol.001

一

GOMA BOOKS

制作協力……株式会社ゴンゾ　笠間寿高
企画協力……株式会社ＧＤＨ
有限会社メディアイコール　深谷精一
ブックデザイン……水戸部功

もくじ

序章　負ける！

イツモフタリデ。

成層圏を裂いて飛ぶ愛機の風防には、古女房と呼ばれて久しい友が刻んだ言葉が並んでいる。愛機は空飛ぶ刀、その名を斬艦刀《ざんかんとう》。機械化されたサムライたちの携行装備でありながら、歩兵たちのための操縦席を備えた前線での主戦力の一つだ。

斬艦刀の棟に立った、浅黒く引き締まった横顔の男は、突風が髪をなぶるにまかせながら成層圏を覆うばかりに展開した敵勢力を硬質な眼差しで見据えている。

時代の潮流がサムライの機械化という時代にあって、男はいまだに生身にこだわり、鍛え上げた己の身のみを武器として空の戦場《いくさば》に立っていた。

長い戦は終局に向けて動き出していると聞く。

おそらく、この会戦が最後の戦いとなるだろう。そしてこの戦いも、もうすぐ終わろうとしている。緒戦は男の軍勢が敵勢力を押した。男が率いる前線部隊の撹乱《かくらん》が功を奏し、味方の士気を大いに鼓舞した。だが、本部隊に乱れが生じ、戦局は中盤から優劣逆転の構図を見せてきた。敵勢力は次第にその数を増やしつつあり、味方の数は減る一方だった。

肉体を機械化し、威丈高に巨大化し、強さを誇るように装飾と武装を重ねたサムライたちが、内蔵した装備を一斉に起動する。

後方で陣形を組む「本丸」と呼ばれる大本営天守閣戦艦を中心とした、二の丸と三の丸ほかの大艦隊も、総攻撃に向けて主砲の照準と仰角を合わせはじめた。

味方はまだ、白旗を揚げていない。しかし、どちらに分があるかは一目瞭然だ。

「シチロージ」

男は斬艦刀を操舵する古女房の名を呼んだ。

呼びかけられた声の低さから、古女房は端麗な横顔を引き締めた。男がこれから何をやろうとしているのかを察したのだ。

「敵中央、戦艦をやるぞ。少しでも時間稼ぎになれば、味方は何騎か逃げられるだろう」

「負け戦……、ですか」

二人の声は淡々としていた。何度、こんなやりとりをしただろう。

「そうだ」

男は、鯉口を切るとゆっくりと抜刀した。

戦に臨む前は鍛えを研ぎ澄まし、光沢鮮やかだった刃も、既に数多くのサムライと敵艦を斬ってきたがゆえに刃こぼれが生じ、刃文《はもん》にも鈍い曇りが生じていた。

男は刃から再び敵勢力に視線を移し、刀を下段になぎはらった。

古女房が斬艦刀を加速させる。

「進路、零時の方向に固定。主機関調圧弁全開、機動推進制御。最大防人領域展開」

防人領域と呼ばれる磁場が斬艦刀を包み、二人を防御した。集中砲火の中でどこまでもつかわからないが、それでも多くの敵を斬るだけの時間稼ぎを保証してくれるはずだ。

「まいります」

古女房が操縦桿を押した。棟に立った男に、加速の衝撃が伝わってきた。

男と古女房を乗せた斬艦刀は敵のただ中に突撃していった――。

第一章 斬る!

茶屋の店先で、カツシロウは目を閉じて大きく息を吸い込んだ。濁った空気の匂いが鼻をつく。

目を開けると拡がるのは、虹雅峡《こうがきょう》と名づけられた街である。

地下へと階をのばした地下階層都市だ。空へ目を移せば、厚い雲が風に運ばれていくのが見えた。降り注ぐ陽光は街の各階層を照らし出していた。

虹雅峡を街として発展させてきたのは、先の大戦を終結へ向かわせた「アキンド」と呼ばれる商人たちである。

澱んだ空気と、通りに張り出した露店から立ち昇る串焼きの煙とで、視界はいいとは言えない。埃っぽい中を何人もの町人が忙しそうに駆け抜けていった。

ほとんどの者が急ぎ足で、歩いているのは腰に刀を差したサムライだけだ。カツシロウのように全身生身のままの者がほとんどだが、体の一部だけを機械化した者や、わずかだが全身を機械化した者もいる。町人たちの活気に比べ、皆どこか疲れて覇気に欠けているように見えるのはカツシロウの気のせいだろうか。

カツシロウは、湯呑みに残る茶を飲み干すと、バラ銭を盆の上に投げた。

「ありがとうございます、おサムライ様」

銭の音を聞きつけて、奥から主《あるじ》が出てきた。

「うむ。馳走になった」

立ち上がったカツシロウは刀を腰に差し直しながら、短く応じて会釈した。そのとき、興味深そうに自分を見る主と目が合った。

「……何か」

「ああ、これは失礼を……、いやその、おサムライ様のお召し物があんまりご立派だったので、つい……。失礼しました」

「……変か？」

「いえ、変ではありませんが、さすがにおサムライ様は違うなあと思いまして……」

主はしげしげとカツシロウを見直した。

歳の頃なら十八くらいか。風体は立派な剣士でも、きれいに束ねあげた髪と黒目がちで輝きにあふれた瞳には翳《かげ》りがなく、顔つきもまだ幼さを残していた。指南書どおりの印象さえ与える生真面目な所作の一つひとつや色鮮やかに染め上げられた服装は、この街ではよそ者だと自己主張しているようなものだ。

カツシロウはあらためて、周りを見渡してみた。生まれ育った武家屋敷界隈《かいわい》では今の自分のような金糸を使った着物は普通だったというのに、この街を行く者たちのそれは、汗と埃が染み込んで、誰も彼もくすんで見えた。

「この街に着いたばかりでな。どうにも勝手が違うものだ」

「ご無礼申しあげまして、すみません、おサムライ様」

屋敷を出てからというもの、何度「おサムライ様」と呼ばれたことか。

そうだ、自分はサムライだ。戦後の今にあって、サムライとは自分を厳しく律する道。刀は、鍛練と崇高さの象徴だ。家では剣と武道の鍛練に明け暮れ、立ち合えば負け知らずとなった今、さらなる向上心がカツシロウに新たな道を求めさせた。

ゆえに、家を捨てた。そこにいては向上を望むべくもなかったからだ。もっと強くなりたくて、人のいる場所を求めた。人が集まる場所には、自分の目指す剣の道に生きる者がいるはずだ。そしてたどり着いたのがこの虹雅峡だった。

茶屋の店先でかぎとった匂いの正体とは、この虹雅峡にあふれかえる人々が織りなす生活と日常だ。言い換えればそれは、「戦後」とも言えた。

終戦から十年。かつて、ここは戦場《いくさば》だった。虹雅峡は戦争が作りだした街だ。

大戦時、地上には戦火があふれていた。そこで当時の軍は地下に軍需工場等を設営し、戦火を逃れるようにして戦争を遂行するための道具を、アキンドと呼ばれる豪商たちに作らせ続けた。虹雅峡の前身も、そうして作られた工業都市の一つだった。アキンドたちは、弱体化した軍から工場を払い下げてもらうと、ただちに生活空間への改造を開始した。

アキンドたちはまず、工場を商売のための店構えに作り替えた。天に向かって大地に突きたった空中戦艦の艦尾、倒れた周辺の機動兵器群の残骸を巧みに利用した外観は、今では街を目指す者たちのランドマークとなっている。

働く場があれば人が集まる。人が集まれば住まいが出来る。生活に必要なものが集まってくる。軍事機密として閉じられていた工業都市は終戦を経て開かれた商業都市へと変わった。戦場での出番を失った資源の数々は解体され、「商品」に生まれ変わって人々の生活を潤すことになった。

このとき、仕事にあぶれたサムライたちの多くが肉体労働に手を貸した。巨大化して戦闘機械になったサムライたちの生きる術《すべ》は他になかった。これからの生活を考え、さっさと巨大な体を捨てて小型の体に作り替える者もいたが、ほとんどの機械のサムライは、そのままの体を選んだ。この体が、変わり行く時代の中で自分がサムライであるという誇りと証し……。そう思う者が多かったのだ。

カツシロウが立ち寄った茶屋にも兵器の廃材がふんだんに使われていた。軒も長椅子も、戦艦の装甲板だ。

何度も「失礼なことばかりを」と頭を下げる主に、カツシロウは尋ねた。

「ときに主、このあたりに道場はないだろうか」

「道場でございますか」

「うむ、たとえば大戦で勲功を立てたような御方が剣や武道の道場を開いてはいないかと思ってな」

「ははあ、さては武者修行というやつですな」

「そのようなものだ」

「ああ、ありましたよ、確か層を三つ降りたところに……。勲章五つと、看板に書いてありましたな。どこぞの流派の人だったような。名前まではわかりませんが」

「三つ降りればいいのだな。探してみよう。かたじけない」

カツシロウは深々と丁寧に頭を下げた。

「そんな恐れ多い、お顔を上げてくださいな……。ああ、ついでにお教えしときますがね、下に降りるほど物騒になります。お気をつけくださいませ」

「気遣い無用だ」

カツシロウは誇らしげに、腰に差した刀に手を添えて歩き出した。

◎

食べ物も着物も金貸しも雑貨屋も、無秩序に立ち並ぶ各階層。遠方からやってくる者も多い虹雅峡では、主として交易が盛んだ。それゆえ往来は激しく、訪れる者はさまざまな地域から集まってくる。

その中でも、百姓の姿はやはり珍しいようだった。編み笠に旅姿の少女二人と米俵を背負った青年の奇妙な一行は人目を引いた。三人は今日着いたばかりで、街が醸し出す勢いに圧倒されるばかりだった。

しかし少女キララには、物見遊山《ものみゆさん》な気分に浸っている暇はない。彼女は往来の片隅で目を閉じて精神を集中していた。

普段は一尺ほどの紐で手首に巻きつけている振り子は地面に向かって垂れ下がり、鼓動に合わせるようにゆっくりと回転している。

虹雅峡に来てからというもの、キララは時折こうして振り子を介しては、周囲の波動と自分の精神のリンクを繰り返した。あまりにも周りをよく見ず、ところ構わず振り子を垂らすので、「跳ねちまうぞ、どきな！」とわめきながら走る人足や、大八車の乗り手に何度怒鳴られたかしれない。隅で感応しているのは、その結果である。

村では「水分《みくま》りの巫女《みこ》」として村人の心の拠り所でもあるキララ。水と感応し、気と感応する十六歳の乙女である。感応が始まると、キララの透明な肌はほんのりと上気をし始め、頬には朱が差してきた。

「姉様……」

キララの妹のコマチは、姉が軽いトランス状態に入ったことを感じ取った。姉妹はほとんど同じ格好をしている。村での娘の正装である濃紺の上着と腰巻き、赤い襦袢《じゅばん》姿だが他の娘たちと違うのは頭に巫女の印の房飾りをつけていることである。

巫女姉妹に同行する村の若者リキチは人々の好奇の目からキララを守ろうと、往来に向かって仁王立ちしていた。野良仕事で日焼けした精悍な顔で口を真一文字に結んだその姿は、何があっても彼女を守るという強固な意志を感じさせる。背負子《しょいこ》に積んだ一俵の米俵が大きな楯になって、キララをうまい具合に覆い隠していた。

三人は今日、虹雅峡に着いたばかりの百姓だ。はるか東のカンナ村からやってきた百姓の彼らには、一つの使命があった。

村を守ってくれるサムライを雇うこと——。リキチが背負った米俵は、サムライへの報酬となる米が詰まっているのだ。

姉の感応がなかなか解けず、手持ちぶさたなコマチはあたりを見渡した。

うらぶれた人相風体の武士が通りかかるが、キララは動かない。

機械のサムライも行き過ぎていく。そのたびにリキチは表情を曇らせ、去っていく機械体をいつまでも見続けているのだった。

食べ物の屋台が肉を焼く匂いが漂ってきて、いやでも空腹を感じさせる。

「はあ……。オラ、おなかすいた……」

まだ八歳と幼いコマチには、あちこちの露店で香ばしい匂いを放つ、見たこともない料理の数々はあまりにも魅力的だった。年のわりには小柄で小動物を思わせる仕草で、物欲しそうに屋台の串焼きを見ていた。

「辛抱だで、コマチ坊。サムライ見つけるまでの、辛抱だ」

「リキチ、いっつも辛抱ばっかです」

思い詰めたようなリキチは、コマチのぼやきに応じず、ヘソの下に力を入れて両足を踏ん張り、キララの楯になり続けた。

キララの振り子の先端についた水晶の中は空洞だ。その中に感応の度合いによって回転を変える小さな石の粒が入っている。カンナ村の言い伝えでは、気脈と水脈から生み出された龍神石なるものだという。いま、その粒は螺旋《らせん》状に回転してキララとのリンクがなされたことを物語っていた。

きっとこの街に、私たちの村を助けてくださるおサムライ様がいるはずだ——。

キララは自分を無にして気を探る。手がかりは、渇き。渇いた者を潤すのは、水分りの仕事だ。

屋台を諦め切れないコマチが、早く役目を終えよとばかりに姉を促した。

「姉様、おサムライいっぱいいるですよ」

と、袖を引っ張る。トランス状態から強制的に引き戻されたキララの顔は、まだ上気したままだ。

「ごめんなさいね、コマチ。振り子が伝えてこないのです」

「んだぞ、コマチ坊。振り子の言うとおりやれって、爺様《じさま》も言ってたでねえか」

「でも、おなか空いてるサムライ探すですよね、オラ、おなか空いてないか聞いてくるですよ」

「だめですよ、コマチ、戻りなさい！」

コマチが走り出そうとした途端、鉤爪《かぎづめ》が付近の軒先にからみついた。

ガキン、という音に気をとられた三人が音の方向を見やった瞬間、鉤爪についた縄を伝った男が、リキチの背中をめがけて上層から急降下してきた。

男はリキチに体当たりすると、背負子から米俵を奪い取って駆け出した。重い米俵を肩に担いでいるせいで時折よろめきながらも、人込みを巧みにかきわけて必死に走っていく。菅笠を目深に被っていたため、リキチには人相が見えなかった。

「米、返せ！」

リキチはすぐに駆け出した。コマチが飛び上がって叫んだ。

「ドロボー！　泥棒泥棒泥棒泥棒泥棒泥棒！　誰か泥棒捕まえるです！」

男を追うリキチは、初めての人込みの中をうまく進めない。

「どいてくれッ、米！　米ェとられたァ！」

リキチの連呼する「米」の響きに、街行く人々が何事かと振り返った。

後を追うキララも、小さなコマチを守るように走り、足がもつれる。はるか先を行くリキチの声だけが聞こえ、焦る。

なぜ、誰もリキチの叫びに応えない？

村なら、こんなことはなかった。些細ないざこざには必ず誰かが仲裁に入った。なのに、街の人々はなぜこうも無関心なのだ。街とは、こんなものなのか。キララの紺碧の瞳が戸惑いに揺れ続けていた。

「姉様……、お米……」

キララに手を引かれながら、コマチはしゃくりあげるばかりだ。

あの米がなければ、使命を果たせない。あの米は、来年から安心して村での生活を送るために、どうしても必要なもの。百姓たちの命をつなぐ糧《かて》だ。

「返せ！　米、返せェ！」

リキチの叫びに振り返った人々の中に――。カツシロウがいた。

カツシロウは自分に向かって走ってくる米泥棒の男と、その後方を汗だくになって叫ぶリキチを見とめるや、男に向かって突進した。

たやすく動きを見切ると、カツシロウは男に足払いをかけた。

「うおぁッ！」

米泥棒はあっけなく転んだ。担いでいた米俵がずっしりと地面に落ち、破れた。たちまち中に詰まっていた米粒が派手にあたりに飛び散った。

その米粒を踏んで、米泥棒は立ち上がった。果敢に殴りかかろうとしたものの、男はカツシロウが腰に差した刀を見た途端、逃げ出した。

「待て、下郎！」

追いかけようとしたカツシロウに、リキチが土下座するなり声をかけた。

「おサムライ様！　ありがとう存じますだ！　ほんに、ありがとう存じますだ！」

「いやなに、さしたることではない」

カツシロウは泥棒を追うのをやめ、リキチに向き直った。とたん、その目に飛び込んできたのは飛び散った米に群がる浮浪者たちや野良犬だった。

リキチは浮浪者たちに跳びかかった。

「お前ら、米とるな、あっち行け！」

リキチの形相に逃げ出したのは野良犬だけ。浮浪者たちは米も砂もひとまとめに、自分の巾着袋に詰め込み続けていた。

「離れよ！」

カツシロウが刀の柄《つか》に手をかけ鋭い声で威嚇《いかく》すると、浮浪者たちは散っていった。浮浪者たちとすれ違うようにやってきたキララとコマチは、一面にぶちまけられた米粒に呆然となった。

キララは米に駆け寄りながらも、カツシロウに丁寧に一礼することを忘れなかった。米に気が気でなく、感謝の言葉を言う余裕がない。カツシロウが返礼するのを待たず、キララは長い髪を翻《ひるがえ》してコマチを促していた。

「コマチ、お米を集めるのです」

「はいですぅ……」

言いながら、キララは袋から出した桝《ます》を、涙ぐむコマチに渡した。今は泣いている場合ではない。街行く人に踏まれる前に、一粒でもたくさんの米を集めて、破れた米俵の中に戻さなくては。

キララは米粒の山に屈みこんで桝にかき集めていた。コマチもそれに倣《なら》う。リキチも米を集めては目の細かい網で砂を漉《こ》し、米粒だけを米俵に戻し始めた。

「お腹も減った。お米も減ったです……」

「コマチ、泣いてはだめ」

「泣けるですよぅ……」

「まだ、喰えるだで、早よ集めるだ！」

リキチは必死に、米粒を拾い集めていった。

キララも、コマチも黙々と集めていく。往来の真ん中でこぼれ出た米を集める三人の百姓の姿は異様で、みじめで、目立っていた。それでも誰も手伝わない。皆、行き来の邪魔とばかりに足早に通り過ぎていくだけだ。

キララはたまらない気持ちで米を集め続けた。

これほど食べるものがあふれた虹雅峡で、なぜ米が狙われたのだろう。なぜ、あふれ出た米に浮浪者たちは群がったのか。疑問ばかりが頭の中で渦をまいていた。

長く単調な作業を、カツシロウは立ち去りがたく見ていた。なぜ、こんな町場に百姓がいるのだ。じりじりと照りつける日差しに、３人の頬を汗が伝っていくのを見たカツシロウは、とうとう膝をつき米を集めるのを手伝い始めた。

「おサムライ様、手ぇ出さんでいいだ。俺たちでやりますで」

「気にするな。窮民を救うは武士たる者の心得。さあ、これを」

と、集めた米をリキチに渡す。

「へえ、なにから何まで……」

頭を下げるばかりのリキチ越しに、カツシロウは自分を見つめるキララと目が合った。キララはカツシロウをまっすぐに見つめ、深く頭を下げた。反射的に、カツシロウは目をそらした。キララの透徹な瞳が自分を見透かしているようで、落ち着かない。

カツシロウの感じた胸騒ぎは、キララの感応を感じたからかもしれなかった。刀を持った若いサムライを見て、無意識のうちにキララは力を使っていたのだ。そんなとき、どうしてもキララは相手をまっすぐに見つめてしまう。

振り子の輝きは、急速に消えていった。

百姓たちは日がかなり傾く頃になって、ようやく米を集め終わった。米は三分の二ほどに減ってしまい、サムライ探しの出鼻はくじかれたも同然だった。

破れた米俵を引き絞って肩に担いだリキチは、何度もカツシロウに頭を下げた。

「おサムライ様、ありがとう存じますだ。あのう、お名前を……」

「岡本カツシロウだ」

「ありがとうです。おサムライ様、えらいです！」

「これ、コマチ。失礼ですよ」

ようやく笑顔を見せたコマチをたしなめて、キララももう一度、頭を下げた。

「本当に、感謝致します。ありがとうございました」

「うむ……。気をつけることだ。お前たち、見たところ百姓のようだが、町は初めてか」

「へえ、今朝着いたばかりで……」

リキチは何か言いたそうにモジモジしていたが、カツシロウにはその真意は伝わらず、ただサムライを前に恐縮がる平民に見えた。

「そうか、私も同じようなものだが……。しかしここでは、食べ物をこれ見よがしに持ち歩かない方がよいぞ。特に米は、なかなか口に入らぬものだ。私とて、武家屋敷界隈でも節目のとき、祝いの日に口にする程度でな」

リキチたちは驚きを隠せない。では〝奴ら〟が毎年大量の米を奪っている影響が、街にも出ているということなのか。

「先を急ぐゆえ、御免」

今朝方、茶屋の主から聞いた道場主はうたい文句とは裏腹にカツシロウの相手ではなかった。三本立ち合って三本ともカツシロウが勝ったのである。これでは大戦で勲章をもらったという話も眉唾だ。他の道場を求め、カツシロウは踵《きびす》を返した。この落胆をどうにかして収めなければ今夜は眠れそうもない。

「待つです、おサムライ様！」

「おサムライ様、あのう！」

コマチとリキチが同時に声をあげていた。せっかく知り合ったサムライをここで逃すわけにはいかなかった。

振り返ったカツシロウに、リキチは自分の使命をどう切りだしていいものやら戸惑った。助けを求めるようにキララを見ると、彼女は静かに首をふり、小さな声で言った。

「だめ。あの方は」

キララは怪訝《けげん》そうなカツシロウに視線を向けると、もう一度深く頭を下げた。

カツシロウは無言で頷《うなづ》き、人込みの中に去っていってしまった。

「姉様ぁ……、行っちゃったですよ……」

「あン人、おサムライだで。俺たちンこと助けてくれただよ」

「あの方からは、戦場《いくさば》の匂いがしてこないのです」

水分《みくま》りの巫女が駄目だと言うのなら、やむをえない。リキチはそれ以上何も言わず、引き下がった。

初めて会ったとき、米を拾ってくれたとき、キララも期待しなかったといえば嘘になる。

だが、”奴ら“と戦うにはカツシロウはまだ若過ぎた。


キララたちはひとまず宿をとることにした。村長《むらおさ》から預かったわずかな金で木賃宿《きちんやど》をサムライ探しの根城とした。キララもコマチも、金を使うのは初めてのことだった。物々交換と自給自足を基本とする村の生活に、金銭は必要ない。

階を下りるごとに宿の値段は安くなる。一行が泊まった宿は、大戦時のスクラップを改造したただけ、雨風をしのげるだけのただのあばら屋だ。板張りの床に他の客と雑魚寝で、申し訳程度に自炊の設備がついていた。他の泊まり客は仕事にあぶれて博打《ばくち》に明け暮れるだけの人足ばかり。こんな場末に、まだ少女のキララとコマチが宿泊することにリキチは抵抗したが、使命大事の二人はお構いなしだった。

破れた米俵を宿に預けて、キララたちはサムライを探しに外に出た。

ほどなくして一行は、大勢の人の波が同じ方向に流れていくさまに遭遇した。

「押し込みだってよ！」

「子供が人質だとさ！」

口々に野次馬な言葉が飛び交い、さらに周りの者を鼓舞していく。

「何事だで、これは」

「押し込みって、言ってたです。押し込みってなんですか」

コマチの問いに、リキチが答えた。

「早ぇえ話が、泥棒の一つだで」

「はー、また泥棒ですか。街は泥棒ばっかですね、姉様」

「そうですね……」

キララは不安そうだ。ところが〝渇き〟を探して垂らしていた振り子が、光を増した。

「……！」

誰かが、そこにいる。

水晶が告げている。

「姉様、これ」

「ええ……！」

キララは光を見つめるコマチに頷いた。

水晶に導かれるままに雑踏をかきわけていくと、大店《おおだな》の前に野次馬たちが集まっている。

その数は膨れ上がるばかりだ。

大店の扉はバリケードのようにして固められ、中へ容易に入れないようになっていた。中からは聞こえる赤ん坊の泣き声に、店の主と御新造と思《おぼ》しき女が叫び、固く閉ざされた扉を叩いていた。

「やめてくれ、子供を返してくれ！　何でも言うことを聞くから！」

「お願いです。坊やだけでも……お願い！」

「うるせぇッ！」

扉ごしに、破れかぶれな声が響き渡ってきた。

「どいつもこいつも、バカにしやがってッ！　全部ぶっ壊してやるッ！　これは俺の戦だ！　かかってきやがれ！」

男の怒鳴り声に刺激されたのか、子供の声がひときわ高くなった。

御新造と主の悲痛な声が周囲を震わせる。

「どなたか……どなたかお助けを……警邏《けいら》を呼んでください、お願いします！」

応える者は一人もいなかった。男の剣幕に皆恐れて、何も出来ないのだ。人込みをかきわけて野次馬の最前列まで来たキララとコマチは、振り子が揺れるに任せて周囲を見る。こんなにも反応しているのに、振り子が示す者はまだ見当たらない。

「姉様、振り子がぐるんぐるんですよ！」

「きっと……、この騒ぎを治めてくれる方がいるのです。そうに違いありません」

夫婦に強い同情をしながらも、キララは何も出来ない自分を恥じている。街に来て数刻、己の無力を思い知らされることばかりだ。

店の中からは、いまだに子供の泣き声と男の意味不明な絶叫が続いていた。猶予はない。放置しておけば、男は何をしでかすかわからない。

そのときだった。人込みの中から進み出てきた若いサムライが肩を落とす夫婦に歩み寄っていったのだ。

「あっ、姉様、あのおサムライ！」

「……さきほどの？」

「あのおサムライ、いいおサムライですよ、姉様！」

まさしくそれは、カツシロウだった。

「何があった。押し込み、と聞いたが……」

主も御新造も、カツシロウにすがりついた。

「はい、これは手前どもの店。いきなり飛び込んできた男が店をめちゃめちゃに壊しまして……、子供を人質に立てこもっているのでございます。意味のわからぬことばかり叫んで、もう、どうしたらいいのか……」

「金目当て、というわけではなさそうだな……、賊は何人か」

「一人でございます」

「よし……、警邏を待つことなどない。私が行こう。お前たちは下がれ」

カツシロウは力強く言い放った。

「おーっと！　待ってもらおうかい！」

野太い声とともに野次馬を強引にかきわけ、身の丈八尺はあろうかという甲冑《かっちゅう》姿の大男が現われた。抜き身のままの巨大な刀を担ぎ、体のあちこちから軋《きし》む機械音が漏れてくる。

男は機械体だ。甲冑のあちこちに無数の傷や凹みがあり、塗装も剥げかかっている。ありあわせの部品で作り上げたかのような不格好さだった。

「姉様、もしかしてあのおサムライですか？」

大男を見上げて、コマチが尋ねる。

キララは振り子を見た。淡い光と回転はまだ続いているが、まだキララの心に訴えかけてはこない。

機械の大男はカツシロウに言い放った。

「この戦《いくさ》、オレ様が買った！」

「戦？　失礼だが、これは戦にあらず。ただの押し込みであろう」

「ハッ！　すっこんでおれ、若造！」

機械の大男は声もでかいが態度もでかい。若造と言われて鼻白むカツシロウをよそに、終始自分のペースだ。

「おう、主！　子供を助けるには、おぬしの店が真っ二つになってしまうかもしれん。それでもよいか？」

「はいッ、子供が助かるなら、店など壊れても構いません！」

「どうか、お願いします！」

夫婦は涙をこぼしながら機械の大男に頭を下げた。

「ようし、任せろ！」

機械の大男は肩に担いだ大太刀《おおだち》を振り上げた。大振りな動きに、野次馬たちは反射的に一歩下がった。

「ぬおおーっ！」

機械の大男は首の排気管から猛烈なエネルギー噴射を始め、力を解き放った。握りしめた大太刀が激しい振動を始めた。

「どぉりゃあぁーッ！」

大太刀が店の真正面から振り下ろされた。斬る、というよりは叩きつけるような太刀さばきだ。斬撃の衝撃波が店を貫き、一気に屋根からひしゃげさせ、潰し、切断する。大男の言ったとおり店は真っ二つになっていき、大量の粉塵が噴き上がった。

途轍もない力に、カツシロウは目を見張った。作法も型もあったものではない。力任せの喧嘩剣法だ。

左右に崩れていく壁と噴き上がる粉塵の中で、押し込みの男は落ちくぼんだ目を見開き、震えていた。サラシに巻いた赤ん坊を楯のかわりに自分の胸に括りつけて、鎖帷子《くさりかたびら》をまとっていた。

「おう、押し込み！　子供を返してもらおうか！」

「その体、貴様もサムライか」

「いかにも。してオメェ、いったい何が望みだ？」

押し込みは口角泡飛ばして刀をふりまわし、機械の大男を威嚇する。

「サムライなればわかるであろう。何もかも満たされん。貴様はどうだ、満たされておるか？」

「はあっ？」

やりとりを聞いて、コマチは再び姉に尋ねた。

「押し込みもおサムライみたいですよ。まさかアレですか」

キララは黙って首を横にふった。

「俺たちはこんな街を作るために必死で戦ってきたのか？　生き残ってきたのか？　穀潰《ごくつぶ》しだと？　ふざけるな！　俺はもう十日もマトモにメシを喰っちゃいねえ！　士官の道も断たれて望みなんかありゃしねえ。いや違う！　望みは空だ。戦の空に還りたいのだ！　貴様もそうであろう。そうであろうが！」

「あのなあ。ぐだぐだ言っても貴様は押し込みなんだぞ！」

「黙れぇッ！」

さらに機械の大男が踏み込んだとき、押し込みも動いた。持っていた刀を床に突き刺し、着物の前をはだけたのだ。男の腹にはびっしりと爆裂弾の束が巻きつけられていた。大戦時の歩兵が使っていたものだ。男は導火線を全てつなげて、1本に点火すれば連鎖して全弾破裂する仕組みにしていたのである。

「どうした、戦だ！　やろうではないか！　来い！　これは俺と貴様の戦だ！　戦がなければ、今この場で始めるまでだ！」

言うなり押し込みは小さなトーチに点火した。

炎を見て野次馬たちは逃げ出した。この押し込みは本気だ。本気で、戦を始めるつもりなのだ。

「なにしやがるんだ、ばか！　消せ！　危ねぇじゃねえか！」

機械の大男も、カツシロウも、さすがに怯む。逃げ出す人々から道端に逃れながらも、キララたちはその場から決して動かない。振り子はまだ、光っているのだ。

突然、振り子があらぬ方向に引っ張られた。

「あっ……」

近くにいる——。視線を走らせた瞬間、振り子の前を通り過ぎていく壮年の男がいた。長身を厚い衣で覆っていた。埃をはらんだ長髪が歩くたびに波打っていた。顎鬚《あごひげ》をたくわえた浅黒い横顔に、眼光だけが強く生命力をもって輝いていた。

キララは肌が粟立つのを感じた。

水晶の波動が告げている。この男だ。このサムライだ！

その間も押し込みはとめどなくわめき続けていた。

「どうした、来い！　子供を助けたかったら俺を斬れ！」

「やかましぃ！　これは戦にあらず、オメェはただの押し込みだろうが！」

カツシロウと同じことを言って慌てる機械の大男の背後に、その長髪の男は大股に近づいていった。不意に現われたかのようで、カツシロウもその瞬間まで気づかなかった。殺気、闘気、鍛練を重ねたカツシロウが感じて然るべき武士の気概はまるでなく、むしろ行雲流水の静謐《せいひつ》さをまとっていた。

男の低い声が、その場に居合わせた者たちの腹に響いた。

「見つけたぞ、我が怨敵《おんてき》！」

「あ？」

機械の大男は首を捻った。押し込みまでも呆気にとられている。

男は、まっすぐ機械の大男に向かって近づいてきた。

「この顔見忘れたか。我が名は天下泰平左衛門嘉親《てんかたいへいざえもんよしちか》。親の仇を探し続けること幾星霜《いくせいそう》、ここで巡《めぐ》り合《あ》ったは何たる僥倖《ぎょうこう》。仇なればこそ、覚悟をもって我と剣を交えよ！」

「何言ってンだ、オメェ？」

「忘れはせぬぞ、その図体と奇異なる兜。間違いない、怨敵、九十九坂十郎兵衛光春《つくもざかじゅうろうべえみつはる》！」

男は剣を抜き放った。

銀光の居合が機械の首を刎ねた。

機械の体は土煙を上げて倒れ、跳ね飛んだ首は地面を転がった。

居合わせた者は皆、唐突に起こった出来事を理解できないでいた。乱入してきた男は機械の大男の首を刎ねただけで、刀を納めてしまったのだ。倒れた機械体には目もくれず、なにより押し込みに目礼するのだ。

押し込みは自分が首を斬られたかのごとく絶叫した。恐慌状態に陥り、トーチの炎を導火線に移していた。

「御無礼。邪魔をしたな。続けてくれ」

男は押し込みに背を向けた。

その態度に、カツシロウは憤激して刀の柄に手をかけた。導火線の炎は進んでいる。いまこの場で子供を助けられるのは、自分しかいないではないか！

カツシロウが刀を抜きかけた瞬間、「天下泰平左衛門嘉親」の体が翻った。

再び、銀光一閃。

振り向きざまの居合が爆裂弾の導火線もろとも押し込みの腹をかっさばき、返す刀で喉笛とサラシを同時に斬ったのだ。血糊が付着する暇もなく、刃《やいば》は鞘《さや》に納まっていた。

押し込みは声もあげずに絶息し、倒れていった。サラシの切断とともに落ちる赤ん坊を、男はやわらかく受け止めた。

「大丈夫。もう、大丈夫だ」

泣き叫ぶ赤ん坊を、男は穏やかな笑顔であやした。

殺気さえ感じさせず刃の動きも見えぬほどの剣の冴え——、そして一転して赤ん坊をあやす暖かな瞳に、カツシロウの心は激しく騒いだ。

キララは咄嗟《とっさ》にコマチの目を覆いながらも、自分は男の剣さばきから目を離せなかった。

リキチが、ごくりと生唾を飲み込む音がやけに大きく耳についた。

男は、駆け寄ってきた御新造の腕に赤ん坊を預けた。

「ありがとうございます、おサムライ様…」

母の腕の中で赤ん坊は泣き続ける。それでも一番安心できる鼓動を感じ取ったのか、しっかりと母にしがみついていた。夫も安堵して男に礼を言う。

「本当に、感謝の言葉もありません。よろしければお礼など一献……」

「いやなに、礼には及ばぬ。ただのお節介でな。では、御免」

「待たれい！」

転がっていた機械の首が再起動して叫んだ。機械のサムライは首を刎ねられながらも生きているのだ。体も軋《きし》みながら起き上がろうとしていた。

「この野郎、オレ様が機械じゃなかったら死んでたぞ！」

「無論だ。わかっていて斬った。子供を助けるためだ、許せ」

「かーっ、許せるかよ、ふざけんなっ！　仇ってなァなんのこった！　オレ様はキクチヨってんだ、覚えとけ！　なんたらって名前じゃねえ！　だいたいオメェなんか知らねぇ、初めて会ったんじゃねえか！」

「儂《わし》もだ」

「なにをぅ!?」

「おぬし、まことサムライか」

「おう！　オレ様はサムライだ！」

キクチヨと名乗る首はわめくたびに揺れながら、排気管から白煙を噴き続けた。

カンベエは首をじっと見つめて、言った。

「……刀を持って迷うとはの」

そう言い残して、風をはらんで歩き出した。

慌てて、カツシロウが後を追う。

「待てコラ！　話はまだ終わってねぇ！　おい体、とっととオレ様の首拾え！」

叫ぶ首を、ひょいと持ち上げたのはコマチだった。

「なんだチビッコ!?」

「はい、首」

と、コマチは体に首を渡すと、ニッコリ笑いかけた。

「がんばるですよ」

「おあ?」

「コマチ、急いでください!」

キララがもどかしそうに声をかけた。

「見つけたのです。あのお方こそ、村を救ってくださるおサムライ様です」

「早《は》よう、追っかけるだよ!」

カンベエを追って走り出すキララたちを、首を抱えたキクチヨは不思議そうに見送っていた。村を救うとは、なんのことだ。あいつらは百姓のようだが——。

カンベエの足どりは早い。

カツシロウは思わず走り出していた。

「暫く!　暫くお待ちを!」

見失いかけていたキララたちも、カツシロウが呼び止めたおかげでどうにかカンベエに追いつくことができた。

「姉様、またまたさっきのおサムライですよ」

「やっぱり、あのおサムライにも声をかけた方がいいでねぇのか？」

おずおずと促すリキチにも、キララは頑なに首を横にふっていた。

遠巻きに見守るキララたちの目の前で、カツシロウはカンベエの前に回り込むと人目も憚《はばか》らずに土下座した。

「お待ちください。お願いの儀がございます」

カツシロウは、顔を伏せたまま早口でまくしたてた。

「私は岡本カツシロウと申します。ぜひ、私を門弟にお加えくださいませ。伏してお願い申しあげます、天下泰平左衛門嘉親殿！」

カンベエは苦笑した。

「その名は、押し込みを斬るための方便だ」

「なんと、そうでしたか！　では、本当のお名前をお教えください！」

「言わねばならぬか？」

カンベエはカツシロウの激しさに嘆息しつつ、言葉を重ねる。

「顔を上げろ。おぬし、先刻の場にいたな」

「はい……」

顔を上げたカツシロウの瞳は期待に輝いていた。カンベエは、カツシロウが大店の前でキクチヨに気圧《けお》されて何も出来なかったさまを覚えていた。

「どうか、ぜひ、お名前を！」

「……島田カンベエと申す」

「では島田様、あらためてお願いを！」

「儂は門弟などとらぬ」

「そこを曲げて、何卒《なにとぞ》！　あなた様が押し込みを斬ったさまに感服した次第にございます。一瞬に込めた裂帛《れっぱく》の気合い、一分の無駄なき剣さばき、まさにあなたこそ、私が探し求めていた理想のサムライなのです！」

カンベエは答えない。

見上げるカツシロウには、長く苦しい間であった。

「……おぬし、サムライか」

「はい！」

ようやく問われてカツシロウは即答する。嬉しい問いだった。

「その歳では、戦を知らぬであろう」

たたみかけてくる言葉は、今度はカツシロウの胸を刺す。どんなに強くなろうとも若きカツシロウには決して経験できないものだ。

「……はい……。しかし、私は常在戦場の心こそ己を鍛える道と信じて、サムライを志しているのでございます。あなた様の剣には、まさにその常在戦場の心がある」

「……他をあたれ」

カンベエはカツシロウの横をすり抜けようとした。

カツシロウには思いがけない言葉だった。「お待ちください、どうか！」

すがるカツシロウの横を、今度はキララが駆け抜け、カンベエの前で土下座した。

「お願いがございます、おサムライ様！」

「話、聞いてくだせえ！」

「お願いするです！」

キララに続いて、リキチとコマチが頭を地面につけた。

三人の百姓を、カツシロウも不思議そうに見つめていた。この者たちは先刻の米俵の……。

なぜ、こんなところにいる？

「どうか、私たちの村を助けてくださいませ！」

キララは顔を上げて、カンベエを見据えた。

振り子が穏やかに光っていた。

第二章 やるべし！

はじめは小さな国家間の紛争だった戦争は、やがてその後ろで糸を引く大国同士の消耗戦になっていった。それぞれの同盟国はいやおうなしに戦争に駆り立てられ、ついには世界全てを巻き込んだ大戦になった。

大地や海を這う兵器群は、次第に空へと戦いの舞台を移していった。兵器も、兵士も進化を遂げた。戦によってさまざまな技術が飛躍的に発展していった。

果てしない大戦は、人間を戦うための機械に変えた。兵士たちは競って自らを機械化し、脆《もろ》い体を捨てて皮膚を装甲で覆い、骨を武装へと変えていった。功なり名を遂げるたびに兵士たちは自らをより巨大に、より勇壮に改造を重ね、重装なマシンになっていった。巨大化が、サムライの力の証しともいえた時代だったのだ。

兵士たちがもはや取り返しのつかないところまで突き進んだとき、唐突に大戦は終わった。

そして、こんな戯《ざ》れ歌が生まれた――。

むかしむかし
戦《いくさ》がありました

ひとつの戦が終っても
別の戦が始まって
も一つ戦が始まって
戦が戦を呼ぶ日々が
幾世代にも続きます

戦が文化を生み、
戦が生活の全てで、
戦が人の価値を決める時代がありました

勝つために
脆い体はいりません
財あるものは機械になって
出世するほど大きくなっていきました

体の大きさは
出世のしるし
飾りの大きさは
権力のしるし

侍こそが絶対
侍ならざるは人にあらず

だけど
戦は終わります
人間にはなんにも残っていませんでした
焼けた土と
壊れた家と
煤《すす》けた顔があるだけでした

文化は失われました

あれは
侍が
権力を握り続けるために必要な戦でした
戦ある限り侍は、時代の寵児
誰もが侍になりたがったのです

侍に仕えながら
戦を終わらせたのは
戦のために
武器を生み
技術を磨き
時代を読むに長《た》けたもの

その名を、アキンド

なんにもないところから
アキンドは
街を作りました
家を建てました
煤けた顔を、笑顔にかえました

侍は
戦終れば穀潰《ごくつぶ》し
こんな戯れ唄流行るほど
時代は変わっていきました

「サムライ」と呼ばれた兵士たちは、行き場を失って野に下り、野伏せりと化して生き永らえる手段を選択した者も多い。野に伏した者たち。ゆえに「野伏せり」。

戦場《いくさば》では多くの功績をあげた全身の武装は破壊と略奪のために使われた。その矛先は、百姓たちだ。

戦前から、農村地帯でとれる米や穀物は各領土の支配者に供出され、それは戦争を遂行するための兵士たちの食料となった。全ての農村はいずれかの国家の所有物であり、そこに暮らす村人たちも、戦争遂行時の国家にとって戦闘員を支えるための「道具」ともいえた。米を作ることが、百姓たちの「戦い」だと鼓舞された。

だが、終戦とともに旧制度は崩壊した。世を統《す》べる支配者は存在せず、それぞれの街や村が、それぞれに自治を行なえる世に変わった。やがては新たに社会が組み直されていくだろう。今は過渡期ともいえた。

そして、少なくとも今は、かつてのように百姓が米や穀物を供出する理由はない。野伏せりと化した輩どもは、旧制度にしがみついた亡霊ともいえた。

なぜ、野伏せりが狙うのはアキンドではだめなのか？

アキンドは戦後の時代を握った。武器を持たない、サムライよりも強き者。サムライはアキンドに負けたのだ。勝てる見込みのない相手とは戦わず、百姓を相手に無為な暴力をふるうだけに成り下がったともいえた。

果たして、野伏せりはサムライか否か――。

◎

実りの季節だった。

育ててあげてきた稲穂が、青く瑞々しく輝く穂を実らせはじめていた。やがてこの穂は黄金色に染まり、重そうに頭を垂れて刈り取られる。

だが、百姓にとって喜びのはずのこの季節は、今や不安と悪夢に苛《さいな》まれる季節の始まりでもあった。

カンナ村は緑多く肥沃な土壌を持ち、水と気候に恵まれた土地である。天を突く神木がいくつもそびえ立つ鎮守の森は鬱蒼として昼なお暗く、どこか厳かで近寄りがたい。平地の集落は一転してのどか、家並みを囲むように棚田が重なっている。森と田畑に、人が棲む場所が囲まれていた。

大戦で周囲の大地は抉《えぐ》られてしまったが、はるか下方の豊かな水源をたたえる大地があるおかげで村の周囲には深い霧が海のように広がり、村を絶海の孤島のようにもみせている。

そんな特異な状況の村にあって、いまなお戦前と同じ作物を育てることが出来るのも、村を守るように流れる水のおかげだ、というのが村人たち皆の思いだ。

しかし、そうやって育てた米のほとんどは、村人たちの口には入らない。収穫された米を野伏せりが来襲して強奪していくようになったのは、戦後まもなくのこと。理不尽な暴力を前に村人たちは為《な》す術《すべ》がなく、野伏せりが奪っていくのをただ見ているしか出来なかった。

野伏せりたちの暴威は米だけにとどまらず、村の女たちの拉致にまで及んだ。

多くの若い男たちが、自分の好いた女を、大事な女房を守るために、自分よりもはるかに大きな野伏せりに戦いを挑み、殺されていった。目の前で愛する者を惨殺され、拉致されていく女たちが村に戻ってくることは、二度となかった。カンナ村に限らない。どこの村でも同じだ。

それでも村人たちは米を作る。

生きるために。

野伏せりに米を納め続けてさえいれば、来年も生きていられる。誰一人納得したわけではない。だが、これも運命と甘んじて受け入れなければ、とても明日を迎えることなど出来はしない。


キララたちが虹雅峡《こうがきょう》にやってくる、十日ほど前のこと——。

カンナ村の朝は早い。

たなびく朝靄《あさもや》の中、まだ明けきらぬ夜の田畑を、ゴサクが見回りにやってきた。節くれだった太い指で青々と茂った稲穂にふれたゴサクは、その出来具合に満足そうな笑みを浮かべた。

米を包んだ青い穂は、例年よりも照り映えているように見えた。

「ゴサク。今日も米が心配か。ししし……」

村一番の謎の娘オカラは、そばかすだらけの頬に笑みを浮かべた。口を開けずに歯の間から笑い声をもらす癖がある。

いつも赤ん坊の人形をおぶって子守の真似事をしている、不思議な子だ。

「なんだ、オカラか。大人に会ったらオメェ、まずは〝おはよう〟だろが」

「んなことより、えらいことになったぞ」

「えらいことって、なんだ」

「南の井戸が涸れた。みんな大騒ぎだぞ。ししし……」

「ばかっ、笑いごっちゃねえぞ！」

ゴサクが駆け出そうとしたとき、彼方から、静かに響き渡ってくる重い音が稲穂を波立てた。ゴサクとオカラの髪や野良着を、吹き渡ってくる風がなぶっていく。

音は次第に大きくなってきた。腹の底に低くのしかかるような不快な音だ。ゴサクは腰を抜かして震えだした。歯の根が合わず、カチカチと鳴った。この音が聞こえてくるにはまだ早過ぎる。稲穂はまだ、こんなにも青いではないか！

はるか靄の中で、赤く光る二つの目玉がのっそりと浮かび上がった。さらに高まる音は、断続的な機動音である。緑の風紋を描き出す稲穂を、赤い光がなめていくのをオカラは身じろぎもせず凝視していた。

「はよ、逃げ！　ありゃ野伏せり様だ！」

ゴサクは慌てふためきながらもオカラを追い立てる。

「見てる」

「ばか言うでねえ！」

「初めて、見るだよ」

オカラは純粋に、見たかったのだ。村の人々がこれほどまでに恐怖する怪物の姿を。これまで機動要塞の襲来があったときは、女性と子供は村の奥に隠され、大戦時の怪物たちを見ることはなかったのだ。だが迫り来る音に、言い知れぬ恐怖がわきあがってきた。

赤く光るセンサーで水田を走査しながら、靄の中から天を突くほどに巨大な機動要塞がゆっくりと現われた。大戦当時、「目玉」と呼ばれた強襲揚陸艦だ。見る者を圧倒し、威嚇《いかく》する異様な姿で田畑の上を通過していく。いつの頃からか、それは百姓たちの間で「野伏せり様」と呼ばれるようになっていた。

オカラは、初めて目の当たりにする野伏せり様を凝視し続けた。赤く光る二つのセンサーは目玉にも見える。鬼だ。鬼の目玉だ。

機動要塞は赤い光で田畑をくまなく捜査して、去っていった。

脂汗を額に浮かべたゴサクは、まだ震える足でどうにか立ち上がるとオカラを脇に抱えてあげて、集落へと走っていった。


南の共同井戸の周りには、既にたくさんの村人たちが集まっていた。雲の切れ間から朝日が差しはじめる中、村人たちの表情は冴えない。

南の井戸は、百戸あまりのカンナ村村落でももっとも家が集中する場所にある。水が涸れるなどおよそ考えられなかっただけに、村人たちは、やってきた水分り《みくま》の巫女《みこ》キララと妹コマチ、その祖母セツを「助けてくだせえ」と取り囲むようにして迎えた。

村中に機動音が響いてきたのはそのときだった。茅葺きの屋根が震え、地鳴りが起こった。

「野伏せり様!?」

誰言うともなく、どよめきが起こった。

「なんでだ!? まだ、刈り入れでもねえのに！」

ヨヘイが足を震わせて叫ぶと、刺激されたかのようにマンゾウが一緒にいた一人娘のシノの手を引っ張って駆けだした。

「なにするだ、お父う！　痛いよ、離して！」

「きっと女攫《さら》いに来ただよ、そうに違いないだで！」

マンゾウの一言が引き金になって、井戸の周りに集まっていた村人たちは大騒ぎになった。女房の手を引く者、娘の手を引いて家に中に入る者。そしてリキチは、いち早くキララのそばに駆け寄った。

「水分り様も早《は》よう隠れてっ！　お堂まで連れていきますで！」

リキチの必死な形相の意味を悟って、キララは頷《うなづ》いた。コマチとセツにも、「一緒に！」と声をかける。

だが機動音は地面の小石を震わせるほどに迫ってきていた。

もはや逃げることはかなわないと知って、村人たちはその場にひれ伏した。

シノもすぐに地面に顔を伏せた。マンゾウも「ひいっ、ひいっ」と泣きじゃくりながら頭を下げる。

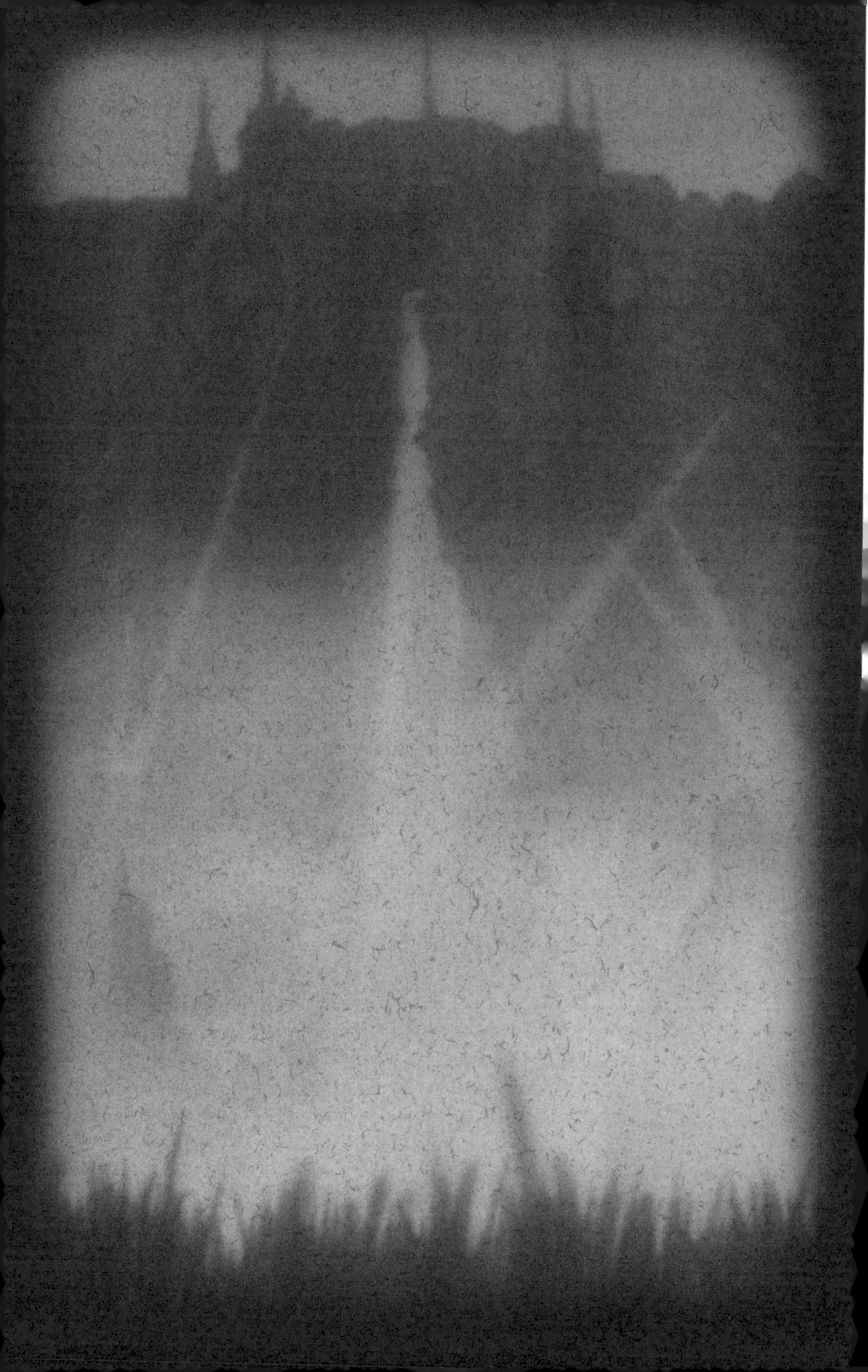

機動要塞が朝靄を裂いて姿を見せた。鬼を思わす威容と機動音は、村人にとって恐怖のカタチだった。実りの季節は、この恐怖がやってくる季節でもあったのだ。巻き起こる砂埃をきつく目を瞑《つむ》って耐えながら、機動要塞が行き過ぎるのをじっと待った。

——百姓は、待つしかない。

村落の外れ、小川の水車を構えた村長《むらおさ》の家からギサクが出てきた。齢《よわい》百を超える老人は、朝日の照り返しを受けながら去っていく機動要塞を見て「ふん」と鼻を鳴らした。皺の間に埋まったような目は、機動要塞を見据えたまま動かない。土がこびりついたような肌が、この男がずっと百姓として大地とともに生きてきたことをうかがわせた。野良着の上に羽織った外套《がいとう》が、機動要塞が攪拌《かくはん》する風にはためいていた。

田畑からやっと村に戻ってきたゴサクが、ギサクに駆け寄ってくる。

「爺様《じさま》、野伏せり様が！」

「見えとる」

一喝するギサクに、ゴサクは思わず直立不動になった。

「降ろしてやれ」

ギサクはオカラを降ろすように、ゴサクを促した。ゴサクはオカラを抱えていたことをすっかり忘れていて、慌てて降ろした。

「オラ、見ただ」

「そうか。あれが、野伏せり様だ」

「飛んでたな」

「昔から飛んでる。戦の昔からな」

「でももう、戦ないぞ」

「ある。ずっとある」

「爺様！　子供相手に問答しとる場合でねぇよ！　南の井戸が涸れたって、オカラが……」

「水のことは水分り様に任せぇ。そっちが片づいたら、皆に儂《わし》んとこ来るように言え」

ゴサクはギサクの眼光に射竦《いすく》められながら頷くと、走り出した。オカラもギサクの様子を気にしながらも、後を追った。

機動音が完全に去ってから、村人たちはようやく顔を上げた。皆、緊張のあまり息を詰めていたのだろう、一斉に口を開けて空気を貪った。

「なんにも、しねがったでねか……」

ヨヘイがじろりとマンゾウを見た。

「見回りに来たんでねえかな……、米の出来をさ」

モスケが伏し目がちに口の中でもごもごと言った。それでもマンゾウは汗を滴らせながら、

「だどもこないだ、奴らミノキチん村ァ女どもをかっ攫ってったって！」

必死だった。一人娘シノはマンゾウの宝だ。切れ長の目をした顔は先立った妻と生き写しであり、よい男と添い遂げさせたいと思っている。野伏せりに連れ去られたら、二度と会えないと言われているのだ。

リキチはまだ、機動要塞の去った方角を睨んでいた。

「奴らぁ、俺たちにこう言いたかったんだろ……、また、来るぞってよぉ。待ってろってよぉ。あいつら、俺たちがひぃひぃ言ってんの上から見て楽しんでるだけだっ！」

嗚咽をあげて膝をつくリキチの心情を思えば、誰も彼に声をかけられるものではなかった。何人かの男衆が顔をそむけ、唇をかんだ。

キララがリキチのそばに来て、そっと声をかけた。

「……リキチさん」

「大丈夫だで、水分り様《みくま》。大丈夫だで……」

リキチは何度も「大丈夫」を繰り返した。自分に言いきかせるようでもあり、いたわろうと気をつかうキララをはねのけるようでもあった。

こんなとき、巫女キララは無力な自分を感じてしまう。唇を噛むキララは、リキチから目を逸《そ》らした。心配そうなシノと目が合った。

シノはぎこちなく微笑んだ。二人は幼い頃から仲がよく、シノの方が年齢は二つ上だ。口には出さないが、キララの抱えている苦しさをシノはわかっているつもりだ。そう伝えたくて、小さな微笑みを送ったのだ。

キララは頷き返すだけだった。

リキチはきつく目を瞑って、何かを振り払うように頭を強くふっていた。

彼の苦しみは、周りの者たちの不安を煽《あお》っていった。

「不吉だぁ。井戸涸れて、野伏せり様来て……。なんでだ、なんでだぁ」

おろおろとヨヘイが言えば、モスケも落ち着きなく視線を泳がせてぼそぼそ呟く。

「きっと悪いことが起こるだよ。井戸が涸れたんは、その前触れだで……」

「キララや。振り子を使うだで」

セツに促されて我に返ったキララは振り子を垂らした。キララはたちまち、トランス状態に入った。

水を祀《まつ》るカンナ村では、代々その社を「水分り《みくま》」と呼んでいる。水と感応する巫女は農作業に従事する村の者たちには、精神的支柱となっていた。

コマチが生まれてまもなく、姉妹の両親は流行り病で亡くなっていた。コマチは両親の顔をほとんど覚えていない。祖母セツが二人の面倒を見て、巫女として育てあげてきた。

冷静に振り子を使うキララを見て、怯えていた村人たちも次第に落ち着きを取り戻してきていた。

キララの所作物言いがいつも落ち着いているのは、「水分り様が大丈夫だと言うなら、わしらも大丈夫だ」という安心を誘うためでもあった。キララは皆の望むかたちで、自分自身の巫女像を作り上げてきていたのだ。

やってきたゴサクとオカラに、コマチが気づいた。

「あれえ、オカラちゃん。おはよー」

「おお、コマチ。おはよ」

「どこいってたですか」

「田んぼに散歩」

「へー、早いですね！」

「野伏せり様、見た」

「怖くなかったですか」

「怖いっつーより、気持ち悪かったな」

「はー……、おら、見たことないですよ」

「今度見れ。気持ち悪くなっから」

「うん」

「ねーちゃん、またいっちまってるンか」

「うん。なんで水が涸れたか、土ン中に聞いてる」

回転していた振り子の動きが止まった。

キララは目を開け、小さく息をついた。

「安心してください。水脈は生きています」

「なんで、涸れただ？」

「この前の長雨のせいで水の流れがかなり変わってしまったようです。井戸の下でも、今までより水の流れが大きく逸れてしまい、涸れたように見えるのです」

「水が、野伏せり様来るんで逃げたみてえだ」

モスケがまた口の中でもごもご言った。場の空気を読まない言葉に、何人かから失笑が漏れた。

「すぐに新しい井戸を掘りましょう。最適の場所を探します」

「井戸が出来るまでは、東の井戸を使うだで。まずは、水分りの儀式さ始めるだ」

声をかけるタイミングをはかっていたゴサクが、頃合いをはかりきれずセツの声を遮った。

「あのう、水分り様、それに、皆も……、爺様が呼んでるで」

長老ギサクの水車小屋の周りには、入りきれなかった村の者たちが中を覗き込もうとして、騒然としていた。老いも若きも、男も女も、子供までも。長老が村の者を集めるなど今まで一度もなかったことだ。

丸ござにあぐらをかいたギサクに詰め寄ったのは、村の稲作の中心となる男衆、ゴサク、ヨヘイ、モスケ、マンゾウ、リキチだった。

「爺様、何の話だで」

ヨヘイが探るように切りだすと、ギサクは眼光鋭く声を張った。

「野伏せり様ンこった。今年もまた、米ェ持っていがれるだで」

「そうともよ爺様、なんもかんも、奴ら持ってぐだよ」

マンゾウが早くも涙声で苦渋を滲《にじ》ませれば、ゴサクも肩の力を落として言う。

「毎年毎年、俺たちは野伏せり様に食わせるために米作ってるんでねえのになあ。今年だって、本当にいい米だで。籾殻《もみがら》ン上からでもわかるだよ」

「そんでもなんでも、なあ……。おらぁ、近頃じゃあ眠ってても、あのズズズズーッて野伏せり様ン音が聞こえてくるみてぇで飛び起きちまうだよ」

モスケがぼそぼそと口ごもった。皆、気持ちは同じだ。互いに隣にいる者たちの顔色を窺って、目だけで打開策を求めるだけだ。

瞳に浮かぶのは諦観ばかりだ。

たちまち重苦しく閉鎖的な沈黙が、場を支配した。これだけの人間がいながら誰も言葉を発しない。回り続ける水車の音が、引き戸一つ隔てて淡々と聞こえていた。

隅でセツとともに正座していたキララも、唇を強く結ぶだけだ。水分りが出来ることは、何か。そればかりを考えていた。

ギサクは、村人たちの顔に浮かぶ諦めの色を見逃さなかった。そのうえで、誰が、次に、どんなことを言うのかと待っている。

長い沈黙を破ったのはリキチだった。

「……野伏せり、突っ殺すしかねえだ」

その一言を言いだすまでにどれほどの葛藤があったのか、肩で息をして目を大きく見開いていた。

まったく予想していなかった言葉に、皆絶句してリキチを見やった。明らかに空気が変わった。非難めいた目つきをする者もいる。

リキチは、皆の目を跳ねのけようと目線をあげて周囲を見渡した。

真っ先に声をあげたのはマンゾウだった。

「なに言うだ、とんでもねえ！　野伏せり様ァ突っ殺せるわけねぇだろが！」

「二度と来ねえようにするには、それしか手はねえ！　ずっと考えてたんだ。野伏せりを、突っ殺す。突っ殺すんだ！」

感情を抑えきれなくなったリキチに、非難の声が相次いだ。

「リキチィ、オメェが悔しいのはわかる。みんな、おんなじ気持ちだ。だども、無理だ！　相手はサムライだぞ。サムライ相手におらたちがかなうわけねえ！」

「そうだ、どうやって戦うだよ」

「そんなことしたら、余計野伏せり怒らすぞ！　野伏せり怒らせた村がどうなったか、お前だってわかってるはずだ！」

「奴らはなァ、戦するために自分の体ァ武器に作り替えてるだぞ！　もちっと頭働かせぇ！」

「俺はもう嫌だ。毎年毎年、こんな思いして米作って、なんのための米だ！」

「リキチ！」

ゴサクがリキチの肩を摑んで、咎《とが》めるような視線を突き刺した。

リキチも睨み返した。

ゴサクはリキチの肩を突き放すと、目線をそらして言った。

「……それでも俺たちは、米作るしかねえんだ」

マンゾウが大きく溜め息をついた。誰に言うともなく吐き捨てはじめた。

「百姓は我慢するよりほか、ねえ。野伏せり様が来たら、おとなしく迎えるだ。刃向かって皆殺しになった村はいくらでもあるで、それに比べたら生かされてる俺たちはまだましだぁ」

「そんなバカなことがあるかーっ！」

リキチは許せなかった。どんな目に遭わされても、我慢し続けるだけで何の意味がある。

たまらずマンゾウの胸ぐらを摑みあげた。

「お前ら、我慢のしすぎでアタマおかしぐなったんでねえのか!? このまンまでいいのか!? このまンまでいいのかよぉっ！」

「仕方ねえだで、殺されるよりましだ！」

「なにぃ！」

「やめろリキチ！　マンゾウにあたることねえだで！」

たまらず、ヨヘイが止めに入った。

「止めんな！　こいつはいつだって、仕方ねえ、あきらめろ、できねえ、そればっかりでねえか！」

血走った目でリキチはマンゾウを睨む。

マンゾウは怯えながらも、必死に叫ぶ。

「野伏せりには逆らわねえのが一番だ！　おめぇの女房だって――」

「言うなーッ！」

リキチはマンゾウの胸ぐらを掴んだまま、唇をわななかせた。それ以上は言葉が出ない。

この一年、生きた心地がしなかった。胸が張り裂ける思いに、夜もろくに眠れない日々が続いた。

「言うな……」

リキチはマンゾウを放すと、荒い息をつくばかりだった。

「なあ爺様、仕方ねえことだで」

場を治めるように、ヨヘイが言った。

「リキチの気持ちはわかるども、俺たちには、どうしようもねえ」

そのとき、ギサクの声が低く響いた。

「やるべし」

リキチたちの言い合いに不安をかきたてられていた村人たちは皆、長老の言葉に、顔を上げた。意味をはかりかねて戸惑い、互いに顔を見合わせた。

涙を浮かべたリキチも、まっすぐにギサクを見た。

やるべし——。

ギサクは放った一言が村人たちの魂に染み入るのを見計らって、もう一度言った。

「野伏せり様、やるべし」

老いて枯れた皮膚に、精気が漲《みなぎ》り始めていた。

「爺様、そら無茶だ！　俺たち、戦なんか出来ねえって言ったでねえか！」

真っ先に抗議したのはマンゾウだった。

「サムライ、雇うだ」

村人たちが息を飲む音が、どよめきとなって広がっていった。思ってもみなかった長老の言葉に、不安だけが交差し、村人たちは互いの顔を見合わせて困惑の色を隠さない。

「百姓がサムライ雇うなんて聞いたことねえだよ、爺様」

ヨヘイはなんとか自分を落ち着かせて言葉を発したが、隣に座っていたリキチの目はギラギラと力強い輝きを宿し始めていた。

後ろで聞いていたキララの心も、激しくざわめき始めていた。

ギサクは淡々と言葉を紡ぐ。

「おらぁ、この目で見ただ。落武者どもが野伏せりンなって暴れ始めた頃のことよ……。そンとき、燃えていねえのはサムライ雇った村だけだっただよ。ヤツらとやりあえるのは、サムライしかいねえ」

「おお、そうだで、爺様。サムライ、雇うだ！」

賛意を示したのはリキチだけ。マンゾウはあくまで否定的だった。

「だども、サムライは気位高けぇだ。百姓なんかの願い、聞いてくれる奇特な奴がどこにいるだか」

「腹いっぱい、米ェ食わすだ」

ギサクの言葉の一つひとつが、村人たちには意外でただ驚くばかり。

マンゾウは震え始めた。怖いのだ。余計なことをして野伏せりを怒らせたら……。あの巨大な斬艦刀《ざんかんとう》の餌食になった村は一つや二つではないのだ。

「腹の減ってるサムライ、探すだよ」

「……本気だか、爺様」

不安にかられて尋ねたモスケを、ギサクはひと睨みで黙らせた。

もう、誰も文句を言えなかった。

長老が決めたことだ。

「サムライ探すとなると、街に行くしかねえだな」

気持ちを落ち着けて、ゴサクが言った。

街、と聞いて皆、緊張する。

街に行ったことがある者は数えるほどしかいない。一番近い街で虹雅峡だが、かつて行商に行った者に言わせれば、「おっかねえとこ」だという。のんびりと時間が流れていく村に比べて忙《せわ》しなく、とても安心できる場所ではなかったという。

だが、街だからこそさまざまな人間がいるのだ。戦後、多くのサムライが野に下った。街には食い詰めた浪人たちがあふれていたともいう。ギサクの言う、「腹の減ってるサムライ」たちだ。

「俺が行く」

リキチが立ち上がった。

ギサクは、若者を見つめた。

「ウム。お前が行け」

「へえ！」

「後は、誰かいねえか」

「どうした、みんな！」

ギサクとリキチの呼びかけに応える者はなく、皆、下を向き口をつぐんでいた。

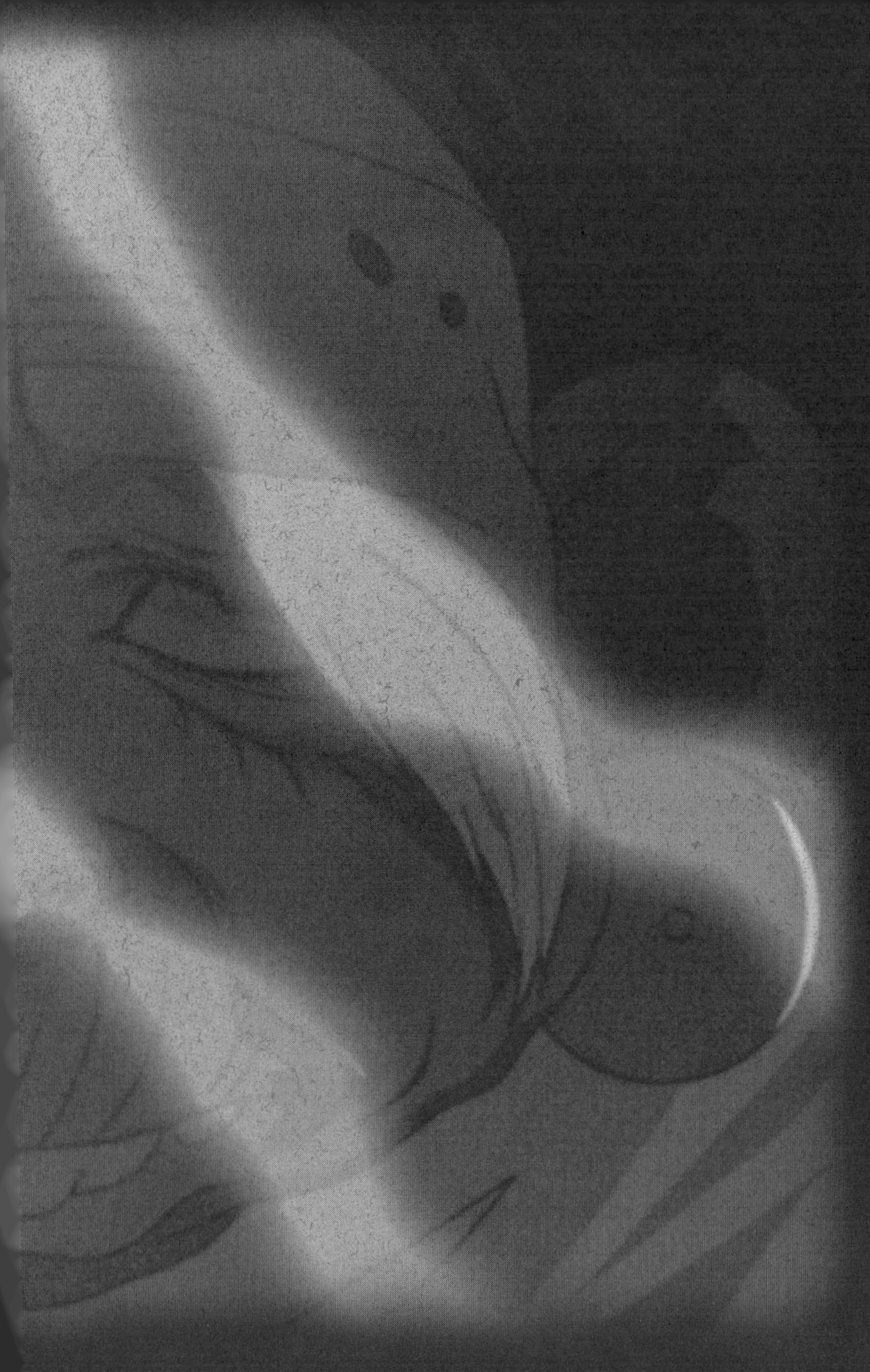

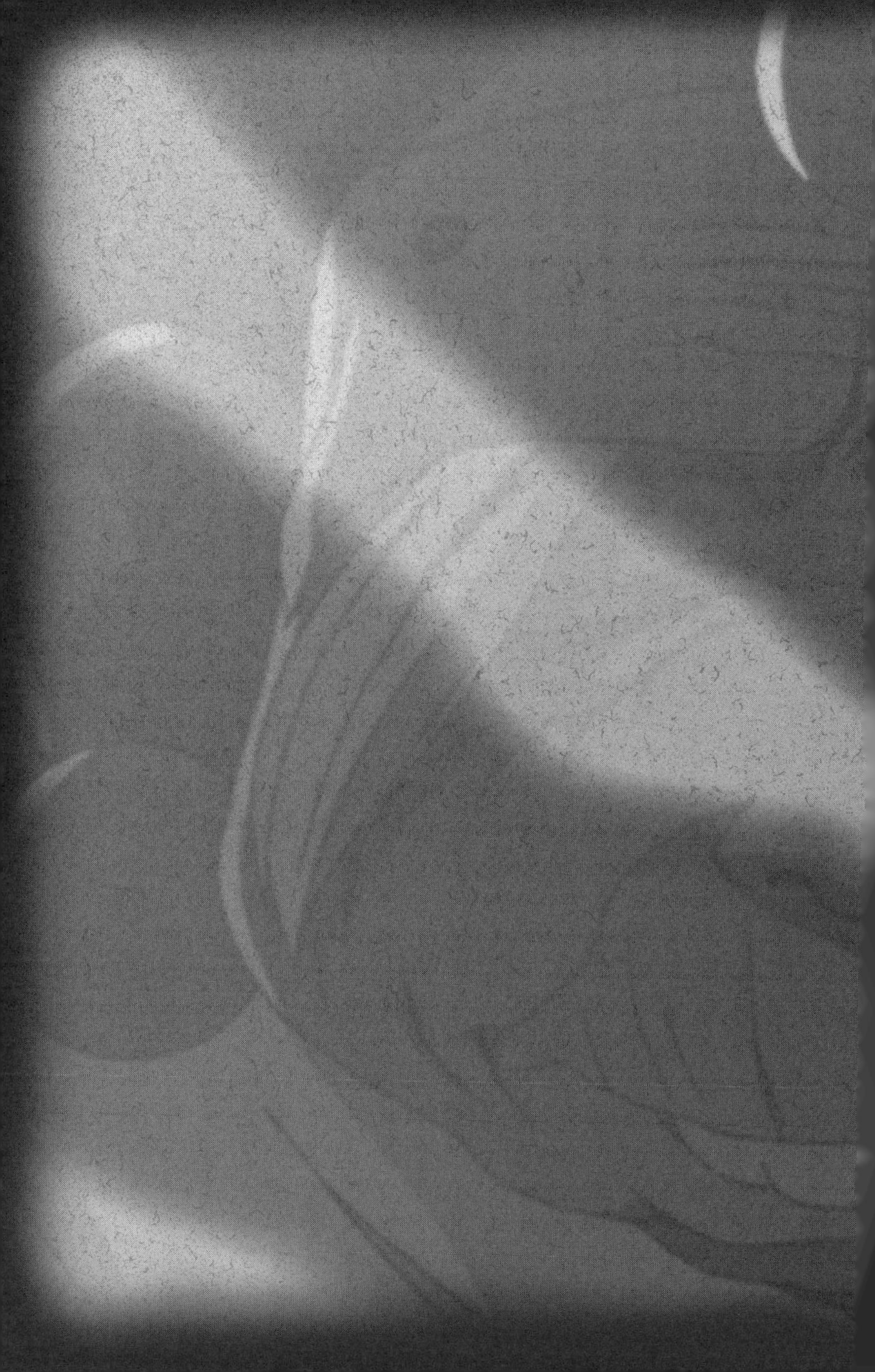

「爺様……、私では、だめでしょうか」

キララが立ち上がった。手首の振り子が光っていた。

「おお、水分り様か」

セツが困惑して口を開いた。

「キララ、お待ち」

「婆様、私にはこの振り子があります。力になってくれるおサムライ様を見つけられると思うのです」

「サムライは水とはわけが違うで。街は、娘が行くようなところじゃねえ」

「私も、みんなのお役に立ちたいのです」

「水分り様は、十分に役に立ってるでねえか。今からだって、南の井戸探してくれるところだったでねえか」

「婆様の言うとおり、街なんか行くもんじゃねえ」

口々にキララを思いとどまらせようとする村人たちを制して、ギサクが言った。

「水分り様、お前様の力がいる」

「はい！」

「水分り様、俺がお守りするだ。絶対に、お守りするだ」

「ありがとう、リキチさん」

「いいか水分り様。ハラのへってるサムライは、ただ、めしに飢えてるだけでねえ。振り子が水を探し当てるように、サムライを見つけてくれるで。稲穂が頭《こうべ》を垂れるときまでに、サムライ連れてくるだぞ。いいな」

収穫のときまでに……。ギサクの言葉が村人の間に重くのしかかった。


キララとリキチの出発は翌朝と決まった。

旅立つ前に、キララにはまだやるべき仕事があった。涸れてしまった南の井戸に新しい水脈を探すことだ。

鎮守の森深くにある水分りの社に戻ったキララは、祈祷用の白い衣裳に着替える。セツ、コマチも同様に着替えた。

キララが衣裳を着替え終えて頭に飾りを乗せたとき、シノが訪ねてきた。

「水分り様、すまねぇなあ……。おなごの水分り様が行くって言うんで、他の男衆はちょっと、肩身が狭いみてぇだ。今ごろになって水分り様の代わりにって言うもんもいるけど……」

街という恐ろしい場所に行くキララを案じてのことだった。

「気持ちは嬉しいですけど、私が、私の気持ちで行くと決めたのです。どうか心配しないでください」

「……キララ」

思い余って、シノはキララの名を呼んだ。

「無理すること、ねえ」

「無理なんかじゃありません」

キララは壁に作り付けた本棚に目をやった。つられてシノも本棚を見やる。

時折村にやってくる旅の行商人や、街から商いに来る人たちから買ったり、読み棄てるなら、と貰った沢山の本がぎっしりと並んでいた。大戦の記録や各国の歴史の本、さまざまな分野の学問、さらには戯作の数々である。

キララは本の好きな娘だった。野良仕事が一人前に出来てこそ、という年長者たちの間では、「今度の水分り様は学のある変わり者」と陰口を叩かれたこともしばしばだった。まして女は家を守り、夫を立て、子を生んでこそ……。大戦以前からの武家の男性社会の考え方は農村にも及んでいる。

「村が安泰でいるように祈るばかりが、水分りの仕事ではないと思うのです。この力をもっと役立てたい……。それだけです」

「そうか、そうまで言うならおらも反対はしねえけど。気をつけてな」

「ええ。ありがとう、おシノさん」

キララは小さく、微笑んだ。

突然襖《ふすま》が開いて、コマチが飛び込んできた。

「オラも行っていいですか、姉様！」

「ええっ、コマチが？」

「キララばかりじゃずるいと言い出してなあ」

困り顔のセツも入ってきた。

「オラだって水分りです、がんばるです。留守番なんかつまんないです」

「遊びに行くのとは違うのですよ。戻ってくる時間も決められているし、おサムライ様は見つかりませんでした、では済まないのです。とても厳しく大切な役目。それは、コマチもわかるでしょう？」

「でも、今まで見たことないとこ行くの、いいなあ、です！」

キララは苦笑した。わかっているのかいないのか、村の存亡をかけたサムライ探しも、コマチには物見気分のようだ。

「コマチ坊、街はおっかねえっていうだよ。大丈夫か？」

「大丈夫です、おシノちゃん。姉様とリキチはオラが守るです」

しれっと言ってのけるコマチを、キララは不思議と頼もしく思った。いずれは水分りを継ぐ身、よりさまざまな経験をすることもコマチのためになるだろう。

「コマチや、守られるのはお前のほうだで。みんなの迷惑になる。ここで待っとれ」

「ぶー、です」

コマチは頬をふくらませて口をとがらせた。

「コマチは一度言い出したらきかないこと、婆様もよく御存知でしょう。リキチさんも一緒です、心配いりませんよ」

これからは、小さなムラで生涯を終える時代ではないのかもしれない。キララはコマチの同行を認め、セツを説き伏せるのだった。


翌日早朝、村人たちに見送られてリキチ、キララ、コマチの三人は旅立った。リキチの背中には報酬となる米俵が背負われていた。

見送るシノは、口の中で小さく、「キララ、がんばれ」と呟いた。オカラはコマチに大きく手をふっていた。

「しっかりやれ。ねーちゃんの足ひっぱんなよー。手紙くれなー。ししし……」

「いってくるです、オカラちゃん！　お手紙出すですう！」

元気に手をふるコマチの姿は、どう見ても遠足に行くかのようだ。

「何度も言いますけど、コマチ」

「ハイハイ、わかってるですよ。おサムライ様を見つけるです！」

風にそよぐ青い稲穂の波を左右に見て、一行は歩き続けた。虹雅峡までは十日ほど。キララは、実った稲をしっかりと瞼に焼きつけて、橋を渡っていった。

稲穂が、頭を垂れるまでに――。

橋を見下ろす高台から、ギサクが稲穂と、畔《あぜ》を行く三人を見つめ続けていた。

第三章　跳ぶ！

「野伏せりを斬る……、か」

呟いたカンベエの精悍な横顔からは、キララには何の感情も読み取ることが出来なかった。しかし手首の振り子は淡く輝き続け、見いだすべきものがそこにあることを持ち主に告げていた。

街の片隅の廃品置き場が、カンベエとキララたちの邂逅《かいこう》の場となった。そしてもう一人、カツシロウまで。彼はただその場に居合わせた、というだけで一行についてきたのだ。キララの振り子の光が気にもなっていた。

キララも、リキチも、戦後間もなくから始まった野伏せりの収奪とその恐怖を、言葉を尽くして語った。秋は収穫の喜びと不安の季節であることを。

カツシロウにとっては驚き以外のなにものでもなかった。自分が魅入《みい》られた男・島田カンベエが、百姓たちにどう返事をするのか、息を詰めて見守っていた。

「いかがでしょう、お武家さま。力を貸してはいただけないでしょうか」

「お願いするです！」

キララとコマチが、期待を込めて問いかけた。カンベエは顎鬚《あごひげ》をなでるばかりで、思案しているかのようだった。それでも、表情の変化を読み取ることは出来ない。

リキチが、破れた米俵をくくっていた縄を外し、中の米を両手ですくい上げた。

透き通るように美しい白米が、節くれだった指の間からこぼれ落ちていった。

「俺たち百姓が出来る礼はこれしかねえ。この米、好きなだけ喰ってくれ。俺たちにはこれしかねえだで……。野伏せりの奴ら、俺たちが何人くたばろうが米を作る道具ぐれえにしか思ってねえだよ。だども百姓だって人間だ！　魂はあるだ！」

カンベエは、一瞥しただけで顎鬚をなでるばかり、いまだ反応らしい反応を見せなかった。

動かないカンベエに苛立《いらだ》って、とうとうカツシロウが声をあげた。

「私は行くぞ！」

キララたちは振り返った。カンベエも、目線だけを動かしてカツシロウを見やった。カンベエの瞳に気圧《けお》されながらも、カツシロウはなおも言葉を続けた。

「失礼ながら、私は今の今まで、そなたたちのような村が本当にあるとは思わなかった。野伏せりといえど元はサムライ、同じく刀を持つ身として恥ずかしく思うばかりだ。サムライを志す者として見過ごすわけにはいかん。及ばずながらこの岡本カツシロウ、力貸すぞ！」

「あれぇ、おサムライさん、戦場《いくさば》の匂いがしないからダメだって、姉様言ってたですよ」

「これ、コマチ！」

キララは真っ赤になって、慌ててコマチの口を塞いだ。

「すみません、大変に失礼なことを……」

キララは消え入りそうな声で、カツシロウと目を合わせられず顔を伏せたままだ。

「いや、まったくもってそのとおり……。私は、戦を知らぬ。だが、刀を持つ以上、弱き者に尽くす責任というものがある。なればこそ、そなたたちに力を貸すのはまことのサムライの務めであろう」

「もったいないお言葉ですだ」

リキチはひれ伏した。一人、見つけた——。言外にそう感じさせる安堵感が滲んだ声だった。

「カンベエ殿。この者たちの窮状、救ってやろうではありませんか！」

「なぜだ」

訴えるカツシロウのあふれる思いを、カンベエは抑揚のない声で跳ねのけた。

予想もしなかった返答には、カツシロウだけでなくキララたちも凍りついた。

「なぜ、と仰《おっしゃ》るか……!?」

カツシロウの声は震えていた。その後を、キララがすかさず言葉をひきとった。

「私も、先ほどあなた様が子供を助けたのを見ました。村を救うのはあなた様をおいていないと信じております」

「儂《わし》は負け戦しか知らぬ。儂が行けば、村は全滅するぞ」

容赦ないカンベエに、キララは返す言葉がなかった。それどころか、自分の想像も及ばない深い闇をカンベエの言葉に、瞳に、感じ取っていた。


カンベエは最前線の部隊を率いる兵士だった。

前線の兵士に、上の者の意図などわかろうはずもなかった。ひたすらに勝つための強さを求め、人は一代、名は末代とばかり、名誉と武勲を求めて戦い続けた。数多《あまた》の作戦に従事し、部隊を率いてきた。だが敗走を余儀なくされる日々。

若い時分は「次こそは、次こそは」と刀を揮《ふる》い続けた。部下たちが斃《たお》れる中、カンベエは一人でも多くの部下を生還させようと生き延びるための戦い方を自ずと身につけてきた。負け戦から編み出した、勝つために生まれた兵法だった。

作戦終了後、死者は讃えられ、生者は非難の矢面に立った。作戦の失敗を巧妙に名誉ある敗北とすりかえる軍部のプロパガンダは、いつしか死の美学へと発展した。主君のために死ぬ。生き残ることは卑怯といわれた。生きて恥をさらすのならば、潔《いさぎよ》く腹を切れ。死が、サムライの花道として人々の心に独り歩きを始めた。

次第に人が機動兵器へと進化していく中、カンベエはあくまで生身にこだわり、己を鍛え、前線に立ち続けた。気がつけば戦は終わっていた。

どちらが勝ったのかさえわからなかった。戦をおさめたのがアキンドだと知ったのは、ずいぶん経ってからだ。カンベエはそのとき、ようやくサムライの時代が終わったことを悟った。サムライは、アキンドに負けたのだ。

そして、カンベエは生き残った。終戦で存在理由を見失ったサムライの中には腹を切った者が多かったという。生身のサムライでも、機械のサムライでも、次々に命を捨て去っていったのだ。

死を選ぶサムライたちを見ながらも、カンベエは生きることを選択した。

ぶざまと言う者もいるだろう。それでも彼は、死の花道を安易に通ることだけはしたくなかった。野伏せりになることもなかった。

そしてまだ生きている。

そして、戦をしてほしいと乞《こ》う者がいる。

だが——。

戦場をともに駆け抜けた古女房の、涼しげな眼差しがふと、カンベエの脳裡に浮かんだ。

カンベエは目を閉じた。すると、それを拒否と見てとったリキチが必死に食い下がってきた。

「さっきはあの押し込みに勝ったでねえか！」

「あれは戦とは違う。儂はただの抜け殻だ」

「抜け殻とはあまりな。あなたの剣は、まだあなたがサムライだと言っている。だからこそ、私が武士道を乞う方はあなただと思ったのです！」

「武士道か……」

カンベエは何か言いたげに顎鬚をなでていたが、それ以上は言わず、カツシロウを睨《ね》めつけた。

抜け殻と自分を言い切るカンベエを、カツシロウは奇異の目で見た。あれだけの剣の腕を持ちながら、なぜ自分を卑下することばかり言うのか。

「カツシロウ、といったな。お前とて無理だ」

「どうしてですか。私は、さまざまな武術剣術を会得《えとく》しています。なにより、この者たちを放っておくことなど出来ません！」

「お前は、斬られたことがない」

反論できなかった。悔しげに唇をかむカツシロウを残して、カンベエは立ち上がった。

「百姓たちよ。お前たちとて無駄死にを招くことはなかろう。帰れ」

「考え直してはいただけませんか」

「娘……」

キララを振り返ったカンベエは、彼女の振り子の淡い輝きを見た。

「水分《みくま》りの巫女《みこ》、と言ったか。苦い水にあたることもあろう」

カンベエは立ち去っていった。

キララたちは何も言えず、落胆の色を浮かべるだけだった。

「あの方はああは言ったが、私はやるぞ。気を取り直して、他のサムライに声をかけるのだ」

百姓たちのみならず、自分を奮い立たせるようにカツシロウが言った。

自分の覚えてきたことを人のために役立てることが出来る——。それもまたサムライの道ではないか。カツシロウはそう自分に言い聞かせていた。

「そなたたちから見れば、カンベエ殿に比べ頼りなくも思うであろう。しかし私は、話を聞いて捨て置くことなど出来ない。この剣を、人を守るために使いたいのだ」

カツシロウは剣の柄《つか》に手をかけた。

磨き上げられた柄と鞘《さや》。その中にはカツシロウの武士としての矜持《きょうじ》を支える刃《やいば》が収まっているのだ。

その真剣な瞳に、頑なに振り子に従おうとしていたキララの気持ちが動いた。

「カツシロウ様……、と仰いましたね。さきほどは、本当に失礼なことを申しあげてしまいました。あらためてお詫びします。そして、お願い申しあげます。お力をお貸しください」

キララは深々と頭を下げて、カツシロウの思いに応えるのだった。

◎

その夜、カツシロウはキララたちが泊まる木賃宿に自分も身を寄せることにした。宿代は彼女たちの分も持つといったが、キララもリキチも固辞した。

「村に来ていただくのです。そうそう甘えてはいられません」

「そうだで、それより、村の米さ食ってくれ！」

さっそくリキチが米を炊いて、夕餉《ゆうげ》としてカツシロウにふるまった。どんぶりいっぱいの白い飯に一汁一菜。質素なものだが、光沢鮮やかで甘い香りを漂わせる飯には、サイコロで博打《ばくち》に興じていた人足たちも腹を鳴らして魅入られたようだ。

「うまそうだなあ、そのめし」

「いい匂いだ。ハラへったな」

カツシロウの持つどんぶりに山盛りにされためしは、炊き立てで踊るような白い湯気を立ち昇らせていた。その温かそうな湯気が、嫌でも食欲をそそった。

「皆にも、ふるまったらどうだ」

「それはなんねえだ、カツシロウ様。米は貴重だで、おサムライ様以外には喰わせられねえ」

リキチは言いながら、キララが別の鍋からよそった粥《かゆ》の椀を受け取った。

その椀の中身はほとんどが菜っ葉で、ぽつりぽつりと白い飯粒が浮いて見えた。

「それはなんだ」

「ああ、これですか……。これはホタルメシといいます」

キララが答えた。その横で「いただきます」と箸を手にしたコマチが、小さな手を合わせて椀の前で頭を下げていた。

「ホタルメシ？」

「はい、村ではたいてい、みんなが食べているものです。ごはんの粒が、菜っ葉に止まって光るホタルみたいに見えませんか？　それでホタルメシ、と昔から言われているんです」

「こんなんだけど、おなかいっぱいになるですよ」

ずぞぞ、とコマチは汁をすすった。

「それは汁でごまかしているだけではないのか。菜っ葉ばかりでは力がつかないだろう。サムライだけと言わず、お前たちも米を食べるべきだ。これからサムライを何人も雇い入れなければならん。力をつけろ」

「ありがとうございます。でも、お気持ちだけ、いただきます」

「ずいぶん、固いのだな」

「……すみません」

快活に答えていたキララの声が小さくなった。「戦場の匂いがしない」と言った手前、申し訳なさが先に立ってしまう。

「カツシロウ様、どうか俺たちのことは気にしねえで……、喰ってくだせえ。俺たちが作った米だ。味には、自信あるだで。喰ってくだせえ」

リキチがしきりに勧めてくる。自信がある、と言うだけあって、それまでのどこかおどおどしていた彼ではなく、目にも力がこもっていた。

「そうか……、すまぬな。そうまで言われては」

カツシロウはめしに目を落とした。確かに、ほれぼれするような輝きを持った飯粒だ。

「そうですよ、カツシロウ様。温かいうちに、どうぞ召し上がってください」

「わかった。かたじけない。では、いただこう」

カツシロウは箸をつかむと、一口食べた。粘り気のある飯粒の甘味が口の中で拡がった。

「うむ、うまい。これはうまい」

「おサムライ様、口ん中にごはん入ってるときにしゃべったらだめです」

コマチがすまして言うと、キララが慌ててたしなめた。

「これ、コマチ」

「だって姉様、姉様いっつもオラにそう言うですよ」

「いや、コマチ殿の言う通りだ。失礼した」

しっかり噛みしめ、飲み込んでから、カツシロウは言った。

「本当にうまい米だ。これは、守りたい米だ。そなたたちが誇りたい気持ちは十分にわかる」

「へへえっ、もったいねえお言葉ですだ」

リキチが恐縮して頭を下げた時、仕事を終えた人足たちが木賃宿に帰ってきた。彼らはカツシロウをひと目見るなり、キララたちと見比べて感嘆の声をあげた。

「おおっ、早えぇな。もう見つけちまったのか、サムライ！」

人足の一人が相棒に硬貨を数枚、渡した。どうやらサムライをいつ連れてくるか、賭けをしていたようだ。賭けに負けた方の人足が腹いせにカツシロウにからんだ。

「しっかし兄ちゃん、あんた戦出来るのかい？　ずいぶん若けぇけど」

「いやいや、案外あの姉ちゃんに釣られただけなんじゃねえのか」

「失礼なことを言わないでください。カツシロウ様はそんな方ではありません！」

たまらず、キララが人足たちを睨みつけた。その剣幕に、人足たちは自分の寝床に引っ込んでしまった。

キララは、驚いて箸をとめたまま自分を見つめているカツシロウに気づくと、顔を赤らめて宿を出ていってしまった。

カツシロウも慌てて箸を置き、キララの後を追った。

二人のぎくしゃくした態度は、コマチの興味を大いに引いたようだった。

「変なの。姉様」

宿の外に出ると、不夜城の虹雅峡《こうがきょう》を目の当たりにしたキララは光の洪水に気後れしてしまった。想像以上に明るい。夜空には月が浮かんでいるのだが、その明かりが届く前に人工の無数の照明機器の数々が鮮烈に目を刺し、夜空を青白く染めているようだった。昼間は商いの街でも、夜になると歓楽街に変わる。光の洪水は、昼間の仕事をひととき忘れさせるために、町人たちを誘うものだった。

下から、ときに強く、ときに緩やかに風が噴き上がってくる。虹雅峡特有の、下から上に吹く風だ。本で読んだところでは、この街の最下層は巨大な地下空洞が続いており、風はどうやらそこから噴きこんでくるという。ものの本では、地下空洞へは入ることを禁じられている、ともあった。

あまりにも村とは違う景色が、そこにあった。

キララは呆然と立ち尽くしていた。昼間とまったく変わらない様子で人が行き交い、乗り物が行き過ぎる。この街は、眠ろうとしないのか。

「キララ殿」

不意に声をかけられてキララは振り返った。

「さっきは……、すまなかった。人足に意見してくれたこと、感謝している」

「いえ、出過ぎた真似でした」

「はじめに私を雇おうとしなかったことを負い目に思っているのであれば、もう気に病むことなどない。私は、私の意志でそなたたちの村を守りに行くのだ」

「はい……」

噴き上がってくる風に乱れる髪を、キララは指で押さえた。

二人は並んで、手すりごしに拡がる虹雅峡の夜景を見つめていた。

「……すごいものだな、アキンドの力は」

「……」

「戦が終わって、たった十年だ……。たった十年で、この光の海だ。街がこれほどとは、想像もしていなかったな」

「……はい。本で読んでいたものとは、まったく違っていました。街の熱気に、あてられている自分を感じます」

「本?」

「ええ、本を読むのが好きなんです。ずっと……、本でしか知らない外の世界は、憧れの場所でもありました……」

キララは、手首に巻いた振り子をかざした。

「この振り子で、外の世界を感じられないかと試したこともあるんですよ」

水晶はほんのりと、やわらかな光をたたえていた。カツシロウと話しているうちにキララの心が落ち着いてきたせいかもしれない。

「不思議なものだな、その振り子は」

「水分りの巫女にだけ受け継がれるものなんです。水を感じ、地を読むもの。巫女は、この石と感じ合うようにいつも心を澄み渡らせていなければなりません。見えない力で結ばれているのです。だから、ときにこの石は、私の心の鏡になることもあります」

「鏡……」

「ムラでは、私は巫女《みこ》です」

キララの唐突な物言いにカツシロウは面食らった。声の響きも低く変わっている。

「神聖な巫女であるために自分を律していなければなりません。村の皆に必要なのは私というかたちをした巫女と、この振り子。必要とされてるのは私じゃない、巫女なんです……。だから、この役目を志願しました。もちろん、振り子の力を使うという矛盾はあります。でも、私なりに村を守るために出来ること……、それをずっと探していたんです。街では驚くことばかりですけれど、でも、新しいことが出来そうな、そんな気がしています」

キララは、喋り過ぎた、とばかりにうつむいた。村でこんなことを話せるのはシノとだけであり、いつの間にかカツシロウに気を許していた自分を気持ちの片隅で戒める。そうしながら、そんな自分にも嫌気がさす。キララの内面はそんな堂々巡りの繰り返しだ。

「すみません。カツシロウ様には今日初めて会ったばかりなのに、こんなことを……」

「いや、何かを求めて、住み慣れた場所を離れたという意味では私も同じだ」

「カツシロウ様が？」

「私は、その名のとおり武家の四番目でな。一番上の兄は戦で死んだ。父と母にとって自慢の兄だ。戦で勲功を立て、体を武装改造しながら、あっけなくな……。それからというもの、私の家は死んだ兄を中心とした生活になった。兄のように死すことこそ、武士道という考え方だ。私にも、そう求められてきた。きれいに死ぬときのために武術を覚える。死ぬための生き方……。私には、しきたりと過去の栄華だけに縛られたようなものだ。ゆえに、屋敷を出た。自分が生まれた場所が息苦しかったのは私も同じなのだ。武士道とは、死ぬための方便ではない。生きるため、己を鍛えるための道であるべきなのだ。いまの未熟な自分を、変えたい……。そなたの村のために尽くしたいと思うのも、言ってみれば私自身の修練のためなのかもしれん」

「私たち、似ているのかもしれませんね」

キララは小さく笑った。巫女としての生活が表情の作り方にまで染み込み、決して歯を見せて笑いはしない。清涼感のある横顔を、カツシロウは静かに見つめていた。

「……どうしたのです？」

カツシロウの視線を感じて、キララは笑みを向けた。

「差し出がましいことだが――」

「なんです？　言ってください」

「もし、そなたも変わろうとするのなら、その振り子は……、使うべきではないと思う」

カツシロウは、キララの手首に巻かれた振り子を見た。

「振り子を矛盾だと言うならなおさらだ。振り子が見つけたカンベエ殿は話を断り、振り子が違うと告げた私は、こうしてそなたたちと一緒にいる。振り子に頼らず、まずは野伏せりと戦うためのサムライを揃えることを先決とせねばならないのではないか」

「そうですね。カツシロウ様の仰るとおりです」

キララが大事そうに手の中に振り子を包みこむような仕草をすると、カツシロウは自分が言い過ぎたのでは、と心の中で舌打ちをした。

彼女は迷っているのだ。巫女としての使命をまっとうする姿勢と、普通に生きられたらという願いと。

「……私のほうこそ、すまぬ。会ったばかりだというのに、巫女であるそなたを否定するようなことを言った。許してほしい。振り子を使いながらも、そこに全てを委ねることなくサムライ探しをしてはどうか」

「本当にそのとおりだと、私も思います。明日からは、お米の続く限りどんどんおサムライ様に声をかけていきましょう。きっと、たくさんの方が力を貸してくれると信じています」

顔をあげて凛《りん》と言いきったキララを見たとき、カツシロウの心は揺れた。その瞳と声に、自分への信頼を感じ取ったのだ。カツシロウは、このときばかりは自分が振り子と感応してなくてよかったと思った。自分がキララに対して抱き始めた感情を悟られたくはなかった。

翌朝の食事も、カツシロウは白米でキララたちはホタルメシだった。キララたちはカツシロウがどんなに勧めても決して米の飯を食べようとはしなかった。

そして一行は、朝からサムライを雇うべくカツシロウとキララ、コマチとリキチの二組に分かれて各階層に散った。

食い詰めているようなサムライを見つけては声をかけて木賃宿に案内し、白い飯を食べさせる。爺様《じさま》の言ったとおりだった。職にあぶれたサムライたちは皆腹を空かせており、腹いっぱいの飯を食わせる、と言うとほとんどの者がついてきた。

ある者は、リキチが話しかけようとすると「しばし待て、よく噛んで食べないとな」と勝手なことを言っては飯を食い、おかわりまで要求してきた。そして満腹になると「馳走になった。では、御免」と出ていってしまった。

ある者は、食べながら怒り出した。

「おのれ、拙者を愚弄《ぐろう》するか！　拙者の志はもっと大きい！　百姓ごときをなぜ守らねばならん！」

そう言うだけ言って立ち去った後には、空のどんぶりだけが残った。

またある者は、往来の真ん中で声をかけられて事情を聞くなり、怒鳴りつけてきた。

「お前たちのほどこしは受けぬ。落ちぶれてもわしは武士じゃ！」

結局、どのサムライもこんな反応ばかりで朝に大量に炊いた米は夕方までにすっかりなくなってしまった。米をふるまうばかりでサムライは集まらず、これではただの炊き出し、慈善事業をやっているも同然だ。

丸一日歩いて成果がなかったことで、皆疲れきっていた。

「はー、おフロ入ってゆっくり寝たいです」

「んだなあ」

コマチが床に大の字になり、リキチは疲れた足を揉んでいる。

重い疲労感に、口をきくのもままならない。すると、昨日カツシロウにからんできた人足たちが、面白がって揶揄《やゆ》してきた。

「よぉ、サムライはまだ兄ちゃんだけかい。しょうがねえわな、そんな酔狂な野郎はそうそういねえもんよ。諦めてとっとと帰ったらどうよ」

「無礼者！」

今度怒ったのはカツシロウだった。思わず刀に手をかけると、人足たちは仰天して布団を頭からかぶった。

「すまねえ、本気じゃねえよ、ちょっとからかっただけだ！」

「カツシロウ様、おやめください」

キララが、柄を摑んだカツシロウの手を抑えた。

「明日からはもっと範囲を拡げてみましょう。今日、振り子に頼らずとも、だんだんと声をかけることに慣れてきたんです。明日がんばればいいんですよ」

「ああ……」

カツシロウは剣から手を離すと、誰に言うともなく吐き捨てた。

「失望したな。これが、サムライの義か」


それからの数日間、カンナ村に手を貸そうとするサムライは一人も現われなかった。

「ただで米を食わせてくれる妙な百姓たちがいる」との噂ばかりが先に立って、空腹を満たすためだけにキララたちに近づいてくる者が後を絶たない。

サムライはサムライ同士、素浪人なるがゆえに同業者同士で情報交換が行れることがある。どこそこの道場で師範を募集しているとか、どこそこの大店《おおだな》が警備役を求めているとか。たいていは飯場や、木賃宿がその場となる。

今日も今日とてとある建築現場で、スカウトを受けたというサムライがキララたちの話をしている。

「百姓ごときの世話になるなぞ、武士の沽券にかかわるわい。その場で無礼討ちにしてくれようかとも思ったわ」

などと、ただの話の種扱いだ。

皆その話を一笑に付すばかりだったが、いつも笑顔をたやさない、人当たりのいい小柄なサムライだけは反応が違っていた。

「面白い話じゃないですか、お米をただで食べさせてくれるんですよ？　私はちょっと、興味がありますね」

「おっ、林田殿は米に釣られると言われますか」

仲間のサムライに聞かれ、「林田」というサムライは照れくさそうに訊ねた。

「いやあ、私は米の飯が大好きでしてね。米さえあればおかずはいらないんですよ。そのお百姓さんたちはどこの村から来たのか、言ってませんでしたか？」

「おお、カンナ村と言っておったな。その方、知っておるか」

「知ってるも何も！　カンナ村ですか。あそこの米はいいですよ。惜しいことをしましたな、とびきりうまい米を食べられたというのに！　どこに行けば逢えますかね、そのお百姓さんたちに」

「なんだ、林田殿も結局米の飯目当てとは」

「いやいや、まったくお粗末さまで……」

飯場の男たちは笑った。「林田」なるサムライはバツが悪そうに苦笑していたが、明日からはその百姓たちを探してみようと心に決めていた。


どの階層でも、米をふるまう百姓たちの話でもちきりだ。

第六階層で鍛冶屋を営むマサムネの耳にも、客からの情報でそんな話が伝わってきた。マサムネは大きな赤っ鼻をした、老境の域にさしかかった機械工である。職人気質で、気に入った仕事しかやろうとしない。戦場のあちこちからスクラップを拾ってきては、生活に役立つ道具に作り替えて売ったり、持ち込まれたものを修理もする。機械全般のなんでも屋だ。

カンベエに刎ねられたキクチヨの首をつけなおしてやったのも、マサムネである。

キクチヨは言葉遣いの荒っぽいこの機械工と妙にウマが合い、普段からマサムネの工房に入り浸っていたのだった。

「サムライ探してるってよ。オメェ、行ってみちゃあどうだ」

「あー？」

勝手にあがりこんでゴロ寝していたキクチョが、尻をかきかき振り返った。

「サムライ？」

「そうよ。もしかしたら、オメェの首刎ねた男に会えるかもしれねえぞ」

マサムネは溶接作業をしながらそんな無駄話を延々としている。斬られた首を持って工房に現われたとき、キクチヨのカンベエへの憤激ぶりは尋常ではなかった。今までも喧嘩だなんだで腕や足を斬られたりもがれたりしたことはあったが、首を斬られたのは初めてだった。それだけにカンベエの印象は最悪かつ強烈で、マサムネは修理中もずっとキクチヨの愚痴を聞かされていたのだった。キクチヨの修理費用は、タダ。マサムネはマサムネで、乱暴この上ない機械の大男をかわいがっていた。

「首の調子はもういいんだろ？　だったら探してこいよ、その百姓たち。オメェにとっても損な話じゃねえんじゃねえかなあ」

キクチヨはぽかんとマサムネの作業を見ていたが、おもむろに大太刀《おおだち》をつかむと工房を飛び出していった。

そしてその噂は、虹雅峡差配・アヤマロの耳にも届くに至った。

◎

虹雅峡の名付け主は、差配のアヤマロである。その住居はもっとも陽のあたる最上層にあり、極彩色に彩られた御殿だ。三重の塔を左右に配した壮麗な正門へ渡る橋は一本きりであり、許可なき者の立ち入りは禁じられている。

門を潜れば庶民には望むべくもない広大な庭園が拡がる。規則正しく刈り込まれた植え込みと季節ごとに花咲き乱れる木々を、正門同様左右対称にして、中央には澄みきった池を擁していた。池に面して建てられた本殿はさらに巨大だった。

にも関《かか》わらず住んでいるのは、アヤマロと、お付きの数人だけだ。使用人たちは隣接する別邸で寝泊まりしている。屋敷のあちこちには大戦時の前線や哨戒用に使われていた通称ヤカン、正式名称「鋼筒《はがねづつ》」と呼ばれる搭乗型機動歩兵が配備され、侵入者の警戒にあたっていた。

屋敷の広大さに比べて居住者のあまりの少なさに、虹雅峡の住民たちは、羨望と揶揄を込めて「マロ御殿」と呼んでいる。

アヤマロは戦後台頭してきたアキンドの一人だ。楽しみは美食と金儲け。それがためかぶくぶくに脂肪で厚みを増すばかりの太鼓腹を、上等の絹織物の装束で覆っている。たるんだ頬の肉とともに福耳も重く垂れ下がって、贅に身を浸すと人間こうなってしまうことの見本のような男だ。目も鼻も唇を、顔のパーツ一つひとつが大きく、申し訳程度に頭にのせた烏帽子が小さく見えた。

アヤマロはかつて地下工業地帯だったこの場所を、歓楽街を中心とした商業都市に変え、他の都市同士を結ぶ交易地へと発展させた。戦で残った物資をさばいて利権のシステムを確立し、まだ無法地帯だった虹雅峡で仕事にあぶれていたサムライたちをまとめあげて、私兵「かむろ衆」を組織したのである。

その手腕を買われて、アヤマロは「都」という巨大な商業ネットワークの一翼を担うに至っている。

いま、本殿の奥にある大広間で、アヤマロは十数名の組主衆《くみぬし》より日々の商売の進捗状況について報告を受けているところだった。

組主とは、虹雅峡においては各階層ごとに店舗をとりまとめる商工団体の各代表のことである。この役職につけるのは大店の主と限られている。次期差配の座を狙う者も多く、いつ寝首をかかれるかとアヤマロは気が気でない。ゆえに組主衆に隙を見せることのないよう、アヤマロはいつも御簾ごしに話をしているのだ。

そのうえ、用心に用心を重ねて御簾《みす》の中に一人、アヤマロの後ろの金屏風の後ろにも一人、常に用心棒を置いていた。

「御前。最後に一つ、お伝えしておくべきことがあります」

組主の一人が言った。

「なんぞ。話すがよい」

「近頃、町場でなにやらサムライにただで米をふるまっている百姓がいるとか。治安を乱すものではありませんが、町人たちの間では大変な話題になっております」

「米を？　ほお？　なにゆえじゃ」

「は、聞くところによりますと、なんでも村を襲う野伏せりを退治してくれるサムライを雇いたいのだそうで。その報酬が、なんと、米なのです」

「ほお、考えたものよのぉ。百姓がのぉ。して、サムライは雇われたのか」

「そこまでは……。ただし、一人百姓についている若いサムライがいるとのことなので、少なくとも、一人は」

「ふむ……。御勅使殿《おんちょくしどの》が参られるというのに、無用な騒ぎは避けたいものよな。よく教えてくれた、その問題はこちらで善処しよう」

「恐れ入ります」

「報告は以上か」

「は、左様にございます」

頷《うなず》いたアヤマロは若干声を張って一同の注意を引いた。

「組主の方々よ、いよいよ明日、都より御勅使殿がここ虹雅峡に参られる。くれぐれも粗相のないよう饗応役《きょうおうやく》の任、果たしてくれることを、余は心より願ごうておるぞ」

組主たちが一様に頭を下げると、その横で肘掛けにだらしなく肘をついていた長髪の青年が、頃合いを見計らったように大あくびをした。しかも、「ふわーあ」とわざとらしく声をあげて。

「ウキョウ。なんだ、その態度は」

アヤマロは呆れたような声で、あくびをした青年に釘をさした。組主たちが礼儀をわきまえない青年を苦々しく見るだけで注意をしないのは、彼がアヤマロの息子だからだ。

ウキョウは片膝を立てて肘掛けに肘をつき、リラックスした姿勢で座っていた。きれいに切りそろえたしなやかな長髪を腰まで伸ばし、薄化粧した顔は鼻が高く、長い睫毛《まつげ》が印象的な青年である。いつも笑みをたやさず、怒った顔を見た者は誰もいないともっぱらの評判だ。

その隣に、ウキョウのお目付け役である壮年の男が座っている。先の大戦時を生き残ったテッサイというサムライくずれである。肩幅が広く筋肉質の大柄な男だ。愛用のパイプを口から離したのを見た者はこれまた誰もいない。

「若。御前もああ申しておられます。せめてその姿勢、正すくらいはなさいませ」

テッサイの小言を、ウキョウはじろりと一瞥しただけで後は無反応である。さすがにアヤマロも注意を重ねてきた。

「そちには御勅使殿筆頭饗応役を任じたはず。なにより粗相のないよう心配りせねばならぬのは、他ならぬそちじゃ。組主衆をとりまとめる大事な役目、わかっておるのじゃろうな」

「わかってるよ。いつものことじゃない。ちょっと退屈しちゃっただけだよ」

ウキョウはのんびりと言った。茶化したようなその態度に、アヤマロもテッサイも苦り切った。

饗応役とは、遠来の客となる都からの使い「勅使」の滞在中、もてなしの一切を取り仕切る役回りのことである。

「僕だって子供じゃないんだし、毎年毎年みんながやってるの見てるから、仕事は覚えてるよ。心配しないでいいよ、父上」

「それならよいがの」

息子といっても、血のつながりはない。ウキョウはアヤマロの養子である。そろそろ公の仕事を任せ、差配を世襲にしようとの目論見があった。今回の饗応役任命はその一環なのだ。

「わかってるでしょう、父上も。僕がどんな人間か。今まで僕、失敗ってしたことないんだよ。大丈夫、任せてよ。今度もうまくいくから。後は僕がみんなにうまく言っとくから、父上もそんなに仰々しくやんなくてもいいよ。ハイ、今日は解散」

お開き、とでも言うようにウキョウは手を二度叩いた。

「そちがそう言うなら、まあよいが……。なれば組主の方々、何卒《なにとぞ》よしなにな」

アヤマロの言葉に再度、組主衆は頭を下げた。結局はウキョウのペースにのせられるかたちで、会はお開きとなった。

「キュウゾウ、ヒョーゴ。参るぞよ」

アヤマロは二人の用心棒に声をかけた。

小柄なアヤマロが腹を重そうに抱えてのそのそと歩くと、異常に発達した福耳が揺れた。

声をかけられた用心棒のヒョーゴは、アヤマロのすぐ脇に控えていた。刀を持って立ち上がったヒョーゴは、鼻の頭にのせた眼鏡を指先で押し上げた。頬の張った、色の白い男である。

もう一人、金屏風の後ろに控えていた用心棒はキュウゾウという。背負った二本の刀を片時も離そうとしない。薄絹のような髪は彼の出自が遠い国であることを窺わせた。虚無的で儚《はかな》げな輝きをたたえた瞳は、容易に人を寄せつけない気を自ずと醸し出している。何を考えているのかわからない、とはキュウゾウを評する組主衆の言葉だが、必要なこと以外は一切口をきこうとしない。誰からも距離をとっている印象を人に与える男だ。同じアヤマロの用心棒といえどいくらかヒョーゴのほうが人当たりがよく、謁見室《えっけん》を退室していく際もアヤマロの先を行き、なにかと声をかけるのはヒョーゴのほうだった。

アヤマロたちが退室すると、大きく伸びをしてウキョウが立ち上がった。

「みんな、後はよろしく」

先刻自分に任せろと言っておきながら、ウキョウはこの始末である。

「ウキョウ様、明日のことを御相談したいのでございますが……」

組主衆の代表が言った。

「いいよ、僕は本番に強いんだから。それに僕がよろしくと言ったらよろしくだよ。うまくやってよね。なんかあったら僕が怒られるんだし、みんなだって都の心象よくしたいよね？」

「はあ……」

「いいねえ。勅使が気持ちよく過ごせるようにね、がんばってちょうだい」

さらりと言い置きながら、ウキョウの視線は数人の組主たちと交差した。ウキョウを見て彼らはひそかに、そして意味をもって目礼した。ウキョウは満足そうに頷くとさっさと出て行った。

申し訳なさそうにテッサイが去り際に、組主衆に言い添えた。

「すまんな。若はあのとおりゆえ御勅使殿の前でのみよい顔をすることだろう。それよりも御前のため、此度《こたび》のことよろしく頼む」

「心得ておりますとも。既に明日の準備は万端整っております」

代表が頷いた。

「では、御免」

テッサイが軽く一礼し、ウキョウの後を追って出て行くと、組主たちは息をつくことが出来た。

「テッサイ様もよくあの若にお仕えしておられるものですな」

「私などとても神経の休まるものではありません。此度の饗応役にしても、テッサイ様がいなければ準備もままなりませんでしたからな」

「いっそマロ様、テッサイ様を跡目にすればよかったものを」

などと失笑まじりな陰口をたたく組主衆を、代表が戒めた。

「テッサイ様は主君の影に徹しておられる……。いまもってテッサイ様が、サムライだということですよ」

――アヤマロが本殿の自室へ戻る途中で、先導するヒョーゴが振り返らずに言った。

「さきほどの百姓の話、いかがするおつもりです」

「かむろを送り、探らせよ。ヒョーゴ、そちに任せるがよいか」

「御意」

「ようやく都とも通じた手前、御勅使殿来峡中なにかあってはたまらぬ。ゆめゆめ警戒を怠るでないぞ。ヒョーゴ、キュウゾウ」

アヤマロは後ろのキュウゾウにも声をかけた。

キュウゾウは相変わらず伏し目がちなままで、無言だった。

それでもアヤマロが怒らないのは、この男の態度がいつもこうなのを十分にわかっているからだ。ヒョーゴもキュウゾウも、大戦が終わり行き場をなくしていたサムライくずれだった。二人は同じ部隊に所属していた朋友だった。ヒョーゴのほうが多少世渡りがうまく、時代に自分を合わせて生きることを選択した。街をまとめあげようとするアヤマロが用心棒として最初に拾ったのはヒョーゴだった。

大戦後しばらくキュウゾウは呆《ほう》けたままで、かつて戦った空を何日も見上げて食事もとらない日々が続いた。たまに動いたかと思えば、他の、サムライくずれや機械化したサムライたちと斬り合うこともしばしばだった。アキンドの時代が始まってどうしていいかわからないサムライたちの一人だったのだ。命の充足を得るのは刀に手をかけた時だけ。他に何も出来なかったのだ。そんな生活を見かねて、ヒョーゴがアヤマロのもとに連れてきたのである。

自室にこもったアヤマロを警備するため、戸口に座ったキュウゾウにヒョーゴは言った。

「かむろを動かしてくる。御前のことを頼む」

キュウゾウは伏し目がちなままで、正座した膝の上にやわらかく握った拳を乗せていた。

呼吸は浅く、身じろぎもしない。

「わかった」

渇いた声で、キュウゾウは答えた。

今日もサムライ探しが続く。

声をかけても断られ、米だけが減っていく。

それでも誰も弱音を吐かない。村でみんなが待っていることを考えたら、疲れた足を止めることなど出来なかった。

「ああーっ！」

リキチに肩車されたコマチが一方を指さして声をあげた。

「なんだぁ、コマチ坊」

「見るですリキチ！　あンときのおサムライ！」

コマチが指さすのは、雑踏の中を歩いてくるキクチヨだった。大太刀を担ぎ、肩をゆすって大股で歩いてくる。図体が大きいために、他の町人より頭二つ飛び出して見え、目立つことこのうえない。

「あのおサムライ、首くっついたんですね！　声かけるですよ！」

コマチは馬を急かすように足をばたつかせるが、リキチは頑として動かなかった。

「あン人はダメだ」

「えー、でも子供助けたようとしたですよ。失敗したですけど」

「あン人は機械だ。機械のおサムライは、野伏せりとおんなじだ。俺は、嫌だ」

リキチの額に、腋の下に、背中に、不快な汗が滲み出す。機械のサムライというだけで忌まわしい記憶が呼び覚まされ、口の中が渇いた。

しかしコマチはリキチの煩悶などお構いなしだ。

「いい機械のおサムライですよ！」

と、リキチの肩から飛び降りるとキクチヨのもとに駆けていった。

キクチヨの前に立ったコマチは、大男を見上げて「にひー」と笑顔を見せた。

「おお、おめえ、こないだの」

キクチヨは自分の首を持ってきてくれた女の子のことを覚えていた。

「おサムライさん、おなか空いてないですか？」

◎

アヤマロの御殿正門の扉が開いた。仰々しく出てきたのは、大型獣類にひかせた御用車《ごようぐるま》だ。

御者が獣をけしかけて市街地への橋を渡っていく。

御用車に乗っているのはウキョウとテッサイである。窓には御簾を下ろし、外から中を窺えないようにしているが、ウキョウはいつも窓の外を見て子供のように声を上げている。

御用車の中はウキョウとテッサイのいる大きな居室の他に、用心棒たちの控える隣室が作り付けられていた。ウキョウがいる方は車の中というより動く居間であり、ゆったりとくつろげるようになっていた。花瓶に活けられた花の甘い香りが室内を満たしているが、テッサイだけは相も変わらずお目付け役に徹して座り、場違いな雰囲気になっていた。

御用車は昇降機を使い第二階層へと出てきた。ここには、ウキョウの本宅がある。

第二階層は比較的大店が多く、大口の商いが行れている場所だ。街行く者も富裕層とでもいうべき人ばかりだが、今日は違った。窓から外を見るウキョウは、場違いな人物を見つけたのだ。

「止めよ」

ウキョウは楽しそうに声をあげて、御用車を止めさせた。

テッサイも身を乗り出して御簾ごしに外を見た。

一人所在なげに立っているキララがいた。

「あの娘の身なり、百姓のそれですな。珍しいですな、こんな街場に百姓がいるとは。今日、組主が言っていた例の百姓でしょうか」

また悪い虫が騒ぎ出したか、とテッサイはため息をついたが、ウキョウはお構いなしだ。

「あれ、よいねえ」

キララのもとにカツシロウが駆け寄ってきた。

急に近くで大きな御用車が停まったことに、キララもカツシロウも不思議そうに車を見上げていた。こんな乗り物など今まで見たことがなかったのだ。街の人々はウキョウの専用車であることを知り、近寄らないようにしていた。

「あれこそ原石だよ。磨けば光るだろうねえ。そうかあ、お百姓さんかあ……」

ウキョウの声のトーンが、わずかに低くなったのをテッサイは聞き逃さなかった。

「……かわいそうに」

ウキョウは「そうだ」と、室内に飾ってあった花瓶の薔薇を抜き出すと、水が滴るのも構わず座卓の上にかかっていた絹で包み、即席の花束を作り上げた。

「若、なにを」

「買ってくるんだ」

「しかしあの娘には、サムライがついておりますぞ。御勅使殿訪問を明日に控え、面倒は起こすなと御前も重々申していたではありませんか」

「面倒にならなきゃいいんだろう？　なんのためにあいつら飼ってるんだよ」

ウキョウは隣室に控えている用心棒たちのことを言っている。ため息をつくテッサイを尻目に流れるような動作で扉を開けると、キララの前に降り立った。

「やあ、こんにちは」

と、とびきりの笑顔をキララに向ける。

突然の来訪者にキララとカツシロウは呆気にとられた。

一方、車内ではテッサイが隣室に顔を出し、用心棒たちに指示を出していた。

「相手は一人だ」

控えの隣室にいた用心棒衆のリーダー格、ゴーグル男も窓ごしにカツシロウを見据えた。

彼らは、ウキョウ子飼いの私兵だ。そのうちの数人はウキョウと行動を共にしており、ことあらば対処できるように控えているのだった。

彼らは肉体の一部を機械で武装したサイボーグである。戦争のための改造というよりも、もっと単純な強さを求めての改造だった。戦後の街には戦時中の技術を活かして、こんな改造を安く引き受けてくれる改造屋が多い。虹雅峡でも下層に行くほどそんな店が多くなっている。アキンドの体制がまだ不十分だった頃は、腕力で渡っていこうとする輩《やから》が多かった。用心棒たちも改造屋も、その名残ともいえた。

「たかが紅顔のガキ、どうってことありませんや」

ゴーグル男は、常にゴーグルを目にかけている。どうやら目玉をセンサーに変えてしまったようで、目の表情はわからない。こけた頬に歪んだ笑みを刻みつけて、部下のモノアイ男とモヒカン男に「頃合いを見計らって、出るぞ」と指示を出した。

往来ではウキョウがキララに花束を渡そうとしていた。

遠目に見ていた人々は、「ウキョウのわがままがまた始まった」と、皆半ば呆れ、半ば諦めた様子で、キララを気の毒そうに見ている者もいた。

その態度の変化に不審を感じて、カツシロウはキララを守ろうとウキョウとキララの間に仁王立ちになった。

「キミ、どいてくれないかな。僕はその子にこの花を渡したいんだよ」

ウキョウは笑顔を崩さず、言った。

対してカツシロウは全身を強張《こわば》らせ、キララに近づけまいとする。

「何者だ」

「僕はウキョウ。虹雅峡差配アヤマロの息子なんだ。ねえキミ、名前なんていうの」

ウキョウは完全にカツシロウを無視して、キララにだけ話しかけてきた。

薄化粧を施したウキョウの顔は、野良仕事で日焼けした村の男の顔しか知らないキララには奇異に映った。勢い、怖れよりも興味が先に立ってしまい、ウキョウをじっと見つめてしまう。

「僕ね、ゆうべキミの夢を見たんだ。これから出会うキミの夢。だからこれは、正夢になったってことなんだ。これは、キミのために咲いた花。受け取ってくれなかったら、花が泣いてしまう」

キララとカツシロウは警戒を解かない。

「ねえ、受け取ってよ」

キララはおずおずと花束を受け取った。するとウキョウは無邪気に弾けるような笑顔になって、手を叩いて喜んだ。

「そう！　それでいいんだよ。よいねえ！　ねえ、名前教えてよ。怖いことなにもないだろう？」

「あの……、キララといいます」

「キララ！　うわあ、よいねえ！　きれいだねえ！」

「あの、何かご用でしょうか……」

「ウン、実は僕、キミを僕の屋敷に招待したいんだよ。キミたちのこと、街ではすごく噂になってるの知ってた？　おサムライ探しの話、聞いたよ。大変そうだよね。だから僕、力になりたいんだ。なんだったら僕の知ってるおサムライ様たちを紹介してあげてもいいよ」

「本当ですか!?」

キララの警戒が崩れた。

カツシロウも、予想もしない申し出に一瞬の間が生まれた。

「ただねえ、その格好はよくないなあ。そんな土くさい格好してちゃだめだめ。女の子だもん、きれいな格好しなくちゃ誰もキミの話なんか聞いちゃくれないよ。ほら、これ支度金にしてあげるからさ、お着替えしようよ」

ウキョウは懐から切り餅一つの金子《きんす》の束を出した。

キララは動揺し、助けを求めるようにカツシロウを見る。カツシロウも、ウキョウのペースにはまってしまい彼の真意をはかりかねてしまっていた。

「見たことない？　これ、お金だよ。これでキミにきれいな服を買ってあげる。でもその前に、僕の屋敷においでよ。はい」

ウキョウはキララの手首を掴み、引き寄せながら掌に切り餅を乗せた。

「いりません、私には使命があるんです」

キララはいやがって切り餅を捨てた。

振り子が強く揺れた。

「なんだい、これ？　宝石？　きれいだねえ。キミにぴったりだ」

ウキョウは落ちた金子には目もくれず、振り子に興味を持った。目が笑っているのに、異様に力が入り、強引にキララをカツシロウから離そうとする。

「あっ、カツシロウ様！」

「キララ殿！」

キララを追いかけようとしたカツシロウの肩を、背後から誰かがつかんだ。

まったく気づかなかった。カツシロウたちからは死角になる扉から御用車を降りた用心棒たちが、いつの間にか背後まで近づいてきていたのだ。

肩をつかまれ力任せに振り返らされたカツシロウの頬を、いきなりゴーグル男は張り飛ばした。

「カツシロウ様！」

ウキョウの手を放そうともがくキララ、その拍子に、振り子の紐が千切れた。

よろめきながらもカツシロウは刀に手をかけた。

「何をする！」

「若。どうぞ行ってください」

ゴーグル男は粘着性をもった声でウキョウに言った。

カツシロウを案じて叫ぶキララの延髄に、テッサイが手刀を叩きつけた。

激しい衝撃を受けて、キララは気絶し、ウキョウの腕の中で倒れた。

「あーっ、何するんだよ！　疵が残ったらどうするんだ！」

「心配無用です。さ、お早く」

テッサイはウキョウを促した。

ウキョウは怒りながらもキララを抱き上げ、御用車の中に入ると扉を閉めた。

「キララ殿！」

カツシロウは抜刀し、御用車に向かった。その足元をすくうように、モノアイ男の腕が伸びてきた！

モノアイ男は菅笠と一体化した大きなモノアイを持っている。しかも手足に細かくジョイントを仕込んでおり、伸縮自在が可能なのだ。その手が、カツシロウの足をすくってぶざまに転ばせた。

すかさず立ち上がろうとしたカツシロウの鼻先に、奇声を上げて跳びかかってきたモヒカン男が青竜刀を突きつけた。

「娘は若が買ったんだよ」

モノアイ男の伸びた腕が、落ちた金子の束を拾ってカツシロウに投げつけた。切り餅に包んでいた紙がカツシロウの額にあたって破れ、金色に輝く貨幣がバラバラと地面に落ちたものの、今のカツシロウには、たまらなく耳障りな音に聞こえた。

金でなんでも買えると思っている者たち——アキンド。だが金があったればこそ、戦は終わったのだ。カツシロウの頭の中を、金と、目の前の暴力が理不尽なまでにかきまわす。

「拾えよ、金を」

ゴーグル男は言うと同時に自分の手首を強くふって、手の甲から三本の鉤爪を振り出した。モノアイ男もカツシロウとの間合いを詰めながら、手足の先端から長く伸びた鋼《はがね》の爪を伸ばした。

カツシロウの目の前で、キララを乗せた御用車がゆっくりと動き出した。

「キララ殿！」

カツシロウはモヒカン男の青竜刀を切り落とそうと、果敢にも抜刀した。一部機械化しているとはいえ、この程度のチンピラなどものの数ではない。三方向から来る用心棒たちと間合いをはかりながら、カツシロウは自分を鼓舞するように吼《ほ》えた。

「うおおおおっっっ！」

ところが、カツシロウの気合いは男たちの失笑を買った。

「かかってこいよ」

「いくら差配の息子とはいえ、いやがる娘をかどわかすような無法がまかり通っていいはずがない！」

男たちは、また笑った。モヒカン男は涙目になって大爆笑している。

「なんだあ、コイツ？」

「ははァ、娘に惚れてるな。やめときな、百姓とサムライじゃ身分が違うぜ」

カツシロウの士気は乱れた。いままでどんな立ち合いでも、「笑い」が起こることなどなかった。戦いの場で笑い、非道を平気で行なうこの男たちに、カツシロウの怒りは止めようもないほどに沸き上がった。

「うおおおっ！」

カツシロウはもう一度吼えた。精神を集中し、真剣をふるわせた。超振動が刃《やいば》に轟然とした力を注ぎ込んでいった。一撃で斬り伏せる自信があった。カツシロウは地面を蹴って、モヒカン男に斬り込んだ。

モヒカン男は薄笑いを崩すことなく、カツシロウの動きを見切って刃をかわした。

突然、目標を見失ったカツシロウはぶざまにたたらを踏んだ。と同時に、ゴーグル男とモノアイ男が左右から襲いかかってきた。遮二無二《しゃにむに》刀を振って二人を威嚇した。

かろうじてゴーグル男はかわしても、モノアイ男の爪まではよけ切れず、カツシロウは肩を深々と抉《えぐ》られた。激痛の呻《うめ》きを飲み込んで刀をふるい、モノアイ男の爪を斬り払った。間髪入れずにゴーグル男が鳩尾《みぞおち》に蹴り込んできて、カツシロウはたまらず胃液を吐き、飛び散った自分の胃液の中に倒れ込んで汚泥にまみれた。

ゴーグル男はカツシロウの髪を摑みあげると、膝まづいて顔を上げさせた。睨みつけながらもカツシロウの顔は苦痛に歪んでいた。その顔に、ゴーグル男は鉤爪を収納して拳だけになり、殴りつけた。殺そうと思えば殺せるのに、純粋に暴力だけを楽しんでいるようだった。

「あのな。娘はもう百姓なんざやらなくても済むんだ。その金持って消えな」

そう言い捨てて、ゴーグル男はカツシロウを放り出し、仲間二人を促して去っていった。

カツシロウは起きあがることが出来なかった。胃から込み上ってくる不快な感覚を激しく呼吸しながらやり過ごそうとしていた。目の前にはまだ火花が散っていて、肩の傷の出血もとまらず、ずきずきと鈍痛が続いていた。

とばっちりを怖れて近づかなかった人々も、しばらくすると往来を歩き始めた。

娘が連れ去られ、少年が汚れ、倒れていても、何ごともなかったかのような日常が戻ってきた。地面には、貨幣がぶちまけられたままだ。

カツシロウに「大丈夫ですか」と声をかける者もいたが、チンピラごときに簡単に倒された自分のふがいなさに腹が立つばかり、人の親切にも逆に睨みかえす始末だ。

「気遣い無用だ」

――なぜだ。なぜ、サムライの自分がこんなにもあっさり、負けたのだ。無法な暴力の前には、武士道はなんの意味もなさないというのか。

ようやく体を起こしたカツシロウは、血痰を吐いて、ぶざまに地面に手をつき、呼吸を整えた。そうしながら、ふと、キララの手首から千切れた振り子に気づいた。カツシロウは、四つんばいのまま這って、振り子を手にした。

この暴力には断固として負けられない。カツシロウは、刀を手に立ち上がった。カツシロウが去ってほどなくして、浮浪者たちが金を拾いに出てきた。


コマチとリキチはキクチヨを木賃宿に連れていき、どんぶりめしをふるまった。

「米です。どうぞです。喰ってくれです」

コマチはキクチヨの前に、膳を置いた。

キクチヨはめしはおろかお椀も箸も猛然とかきこんで、最後にげっぷ一発。

「ああ、喰った喰った。うまかったぞ」

と、機械の腹をなでさすると、コマチの笑顔がはじけた。

「うわぁ、いい喰いっぷりです！」

「それで、あのう……」

リキチがおずおずと聞いてきた。さんざん断られてきているので、どこか尋ね方も頼りない。

「おう、実を言うとな、オメェたちを探していたんだ」

「えっ、じゃあ……」

リキチの声に落胆の色が滲んだ。また、めし目当てだったのか――。

「おいおい、勘違いすンなよ。野伏せりなんざオレ様一人で十分でござる！　斬って斬って斬りまくりでござる！」

「やってくれるですか！」

コマチが目を輝かせた。リキチも安堵して顔を上げた。

「おう！　オレ様はサムライでござる！」

「やったですよ、リキチ！　ほらね、やっぱりいい機械のおサムライもいるですよ！」

「おありがとう存じます！　おありがとう存じます！」

リキチは思わず涙ぐんでいた。二人目だ。米も半分以下になり危機感ばかりがつのっている中、ようやく二人目に出会えのだ。

「泣くんじゃねえよ。泣くのは、野伏せり全部ぶった斬ったうれし涙にしろい！」

「へえ、ほんとに、そうだでな、へえ！」

キクチヨはリキチの肩を豪快に叩いた。

そばで仕事もなく博打三昧《ざんまい》な人足たちが水を差すように笑った。

「ヘッ、こりゃいいや。今度は機械のサムライか！　戦知らずの若造に機械とは、まともなサムライはいねえのか！」

「なにをぅ！」

キクチヨは大太刀を掴むなり、柱を一本ぶった斬った。

その豪快な力に、リキチもコマチも、人足たちも目を瞠《みは》った。

「文句あるか」

「ない！　ないよ、なあ！」

「ああ、文句なんざねえ！　あんた立派なサムライだよ！　前の戦ンときだって相当なもんだったんだろ！」

怯える人足たちに、キクチヨは満足そうに頷くと排気管の噴射一発。

「ようし、それでいい」

「すごい力です！　おっちゃまがいれば百億万人力です！　姉様に早く教えてあげたいです。一人見つけたって！　ねえ、リキチ！」

「んだなぁ、今日は、上の方で探してみるって言ってたな」

「そんじゃあ、ちょっくら挨拶してこようじゃねえか。まあ見てな。野伏せりが何人来ようが、このオレ様が手ェ貸す以上もう好きにはさせねえからよ！」


キララの振り子を懐に入れて、カツシロウは走る。手がかりは、ウキョウが屋敷に招いていたことだけだ。

道行く人になりふり構わずウキョウの屋敷を尋ねてまわるが、着物の肩を血に染め、顔も痣《あざ》で腫れ上がった姿に皆恐れをなし、声をかける前に逃げられることもしばしばだった。

それでも土下座し、教えてくれと乞う姿を見かねた何人かが屋敷の所在を教えてくれた。

「ウキョウの屋敷だったら、二層上だよ。あんた、探してるうちに降りちまったんだね」

と、親切に言ってくれる者もいた。しかし声を潜めて不穏な話を続ける。

「でもね、気をつけたほうがいいよ。ウキョウは気に入った女に贅沢をさせるのが好きだからね。贅沢をさせて、女が変わっていくのを見るのが好きなんだよ。あんたが言うように力づくで奪っていったってのは初めて聞いたけど、たいていは、大枚積まれて心ごと買われるんだ。諦めた方がいいよ」

「諦めるものか」

痛む体をひきずるようにカツシロウは歩き、呟く。キララが自分の名を呼ぶ声が、いまでも耳に残り、反響している。上層への昇降機へ向かって歩いているとき、カツシロウは野太い声に呼び止められた。

「そこ！　そこな御仁！」

よく通る声だ。カツシロウは声の方向を振り返った。

短く刈り込んだ銀髪と褐色の顔に頬の大きな傷が目立つ、肩幅の広いいかつい男と目が合った。

『命売ります』と書きなぐった幟《のぼり》を掲げた露店を背にしている。露店には刀や弓など、なぜか武具が多数おさめられていた。

「そうだ。おぬしだ！」

怪訝《けげん》な顔をするカツシロウに、笑顔になってもいかめしい男は太鼓持ちよろしく閉じた扇子でカツシロウを差す。

あまりに不躾《ぶしつけ》で、カツシロウはわけもなく刀の柄に手をかけていた。

「あいや、待たれよ!」

男は慌てて腰の引けた格好になる。だが、全身に隙はない。カツシロウはこの男に、カンベエにも似た雰囲気を感じ取っていた。

「いやいや、これは御無礼仕《つかまつ》った。長の芸事生活で、どうやらツカミから入る癖がついたようだ。いや、許せ」

と、豪快に笑う。

「その方、何者だ」

「これは申し遅れた。某《それがし》、片山ゴロベエと申す。以後、お見知り置きを」

「その片山なにがしが、一体私に何用か」

「少々、遊んでいかぬか?」

「なに?」

「見たところおぬし、随分と余裕のない様子だ。揉めごとか?」

「おぬしには関係ない」

「まぁそう言わず。ホレ、こんなときはな、ぱーっと遊んで気晴らしするものよ。されば気分も変わって笑っていられるというものだ」

と、ゴロベエは露店から刀を一本抜いた。

「某、こう見えて元はサムライでな。こんな時代だ、刀も今では芸事の足しにしかならぬ。大戦の折、培った技をもって日々の糧《かて》としておってな」

ゴロベエの口調には、どこか自嘲的な響きがこもっていたが、カツシロウには伝わらなかったようだ。元サムライという言葉だけがカツシロウの傷の痛みを増幅させる。

「刀を、芸に使うだと!? 刀は武士の魂だ。愚弄も甚《はなは》だしい！ 私は急いでいる、失敬！」

吐き捨てて、カツシロウはゴロベエに背を向けた。

「……つくづく余裕のないことよ」

ゴロベエは呟いた。この時代にサムライの道を選び、刀に意味を持とうとしている少年の後ろ姿を見つめるゴロベエの眼差しは、どこか温かかった。露店にある刀は、元は戦場で多くの機械化サムライを斬り、戦艦を貫き、自分と同様の生身のサムライと斬り結んだ道具ばかりだ。記銘は斬り結んだときなのか消えかかっているが、いずれかの名工のものもあったはずだ。だが、ここに無造作に集められただけの刀たち。

それが現実なのだ。ゴロベエはカツシロウが全身から放つ苛立《いらだ》ちが気になっていたものの、集まってきた町人たちから芸をせがまれ、ドラを鳴らした。

芸人・ゴロベエの一幕、はじまりはじまり——。

第二階層へは、リキチたちが先に着いていた。コマチは機械の大男にべったりで、すっかり友達気分だ。キララとカツシロウの行方を探してうろうろする三人は、人の流れを完全に無視した動きをとっているため異様に目立っていた。コマチはキクチヨの肩によじのぼり、上からキララとカツシロウを探していた。

ゆえに、ようやく上ってきたカツシロウがキクチヨとコマチに気づくことはさほど難しいことではなかった。

「コマチ殿！」

「カツシロウ様……、そのお怪我は!?」

リキチたちはカツシロウの顔や体の傷に驚いた。キクチヨの肩からコマチも飛び降り、心配そうにカツシロウを覗き込んだ。

「どうしたですか、カツシロウ様」

「大事ない。それより、この方は……？」

駆け寄ってきたカツシロウに、キクチヨが顔を近づけてきた。

「おお、おめぇあンときの！」

「すごいですよ、カツシロウ様！　キクチヨのおっちゃまも村に来てくれるです！」

「おめぇ、カツシロウってのか。ンじゃあ、カツの字だな。オレ様はキクチヨってんだ。よろしく頼まぁ」

キクチヨは「ぷっ」と噴気した。

カツシロウは相変わらず傍若無人なキクチヨの態度に鼻白みながらも、頷いた。

「ああ……、よろしく頼む。岡本カツシロウだ」

「あのう……、カツシロウ様。水分り様は？」

自分の恥をさらすようで、辛い。カツシロウは一息に言い切った。

「コマチ殿、リキチ殿、すまん……。キクチヨ殿、手を貸してくれ。キララ殿が攫《さら》われたのだ」


御用車は、ウキョウの御用邸、通称「浮舟邸」へと入っていった。

アヤマロの御殿内にも自分の邸宅は作ってあるのだが、ウキョウは毎日のほとんどの時間を第二階層の自分専用の本宅「浮舟邸」で過ごす。ウキョウのハーレムと呼ぶべき場所だった。金色を基調とした建物の数々の中で、ひときわ目立つのはウキョウの住まいでもある御殿である。特にウキョウが女たちと遊びに興じる広間は、光を巧みにとりいれた水槽を壁として、中には金にあかせて集めた色鮮やかな魚たちが群れをなして泳いでいるというものだった。

女たちは全て金で集めてきた。差配子息についたこの女たちは、御側女衆《おそばめしゅう》と呼ばれる。

その中に、ウキョウは気絶したキララを抱きあげて入ってきた。

御側女衆の間にはウキョウに気に入られようとする彼女たちの嫉妬と策略が渦巻いてい

る。ウキョウには彼女たちの駆け引きが実に面白く、嫉妬をかきたてるためだけにその晩の伽《とぎ》の相手を替えることが多い。

当然、ウキョウに抱かれて入ってきたキララのあどけない横顔は、女たちの嫉妬の対象となった。御側女衆筆頭側室はワーリャという。金色の髪をした妖花を思わせる長身の女だ。ウキョウは、あえて本名を捨てさせ、この敷地内だけの源氏名をつけさせるのが好きだった。

「ウキョウ様。その女なぁに？」

女たちを代表してワーリャが聞いてきた。

「今度入った新人さんだよ。みんな、可愛がってね」

ウキョウはキララを長椅子に寝かせると、頬にかかった長い髪を大事そうに指先で払った。

「キララクンっていうんだ。可愛いでしょ」

「若いのね」

「これからが楽しみだよね？　なんたってこの子、百姓なんだよ」

「百姓!?　浮舟邸に百姓を連れてきたんですの!?」

ワーリャの一言で、集まってきていた数十名の女たちからさざ波のような抗議の声があがっていった。ウキョウは、そうした声を心地よく聴いている。

「ウキョウ様。私は嫌ですよ、百姓女の世話なんて。さわりたくもない。肥臭くなってしまいますわ」

「わかってるさ、ワーリャはきれいだもん。きれいな子には、百姓はさわらせないよ。まずは、キララクンをきれいにしなきゃね。まずは香水風呂に入れよう。ぜーんぶきれいにして、お化粧もさせて、着替えさせなきゃ。そうしてきれいにしてから、みんなでキララクンに、ここでのしきたりを教えてあげてよ」

「ウキョウ様がそう言うなら……」

ワーリャは納得いかない様子だ。するとすかさず、ウキョウが耳打ちした。

「もちろん、新人だからって僕は特別扱いしないよ。とことん磨き上げてから、閨《ねや》に連れていくから」

囁きながら吐息を耳に吹きかけると、ワーリャは膝が崩れそうになった。

ウキョウは女たちに気つけ薬を持ってこさせた。キララの鼻先に強烈な臭気を嗅がせると、彼女は苦しそうに目覚め、あたりを見渡した。目もくらむばかりの眩《まばゆ》い照明と、水槽の壁。

興味津々で見ている女たち。

「やあ」

ウキョウは困惑するキララに、けろりと挨拶した。まったく悪びれていない。

「怖がらなくてもよいよ。キミは僕に選ばれたんだよねえ。これ、とても名誉なことなんだよ」

「ここはどこなんです……。帰ります。帰してください！」

「だめだめ。ここに入ったら、もう僕のもの」

「ふざけないでください、私には使命があるんです！」

「いいんだよ。そんなこともう忘れて、ここで楽しく生きていこうよ。現《うつ》し世のことなんかどうだっていいじゃない。自分の幸せだけを考えたらどう？」

いやがるキララの手を、ウキョウは力任せにつかんだ。

白く細い指を、ウキョウは両手で包み込んだ。

「田んぼの仕事、大変だよねえ。でもこれからは何の心配もしなくていいんだ。いま、香水風呂を用意させてるからね。あ、僕はもちろん、入らないから安心して。ゆっくり疲れを癒して、それから、キミが見たこともない御馳走《ごちそう》をいーっぱい食べようよ。わからないことがあったらこのお姉さんたちに聞いて。みんな、キミの先輩だ。親切にしてくれるからね」

ウキョウの笑顔に底知れぬものを感じて、キララは震えた。助けを求めようと女たちを見るが、どの目も、キララを敵視しているように感じられた。

ウキョウが手を打ち鳴らすと、女たちの身の回りを世話する年老いた下女たちが入ってきた。

「さあ、参りましょうか」

下女たちはキララに手を差し出す。感情のこもらない声と瞳だったが、それだけに「諦めろ」とでも言いたげで、キララを慄然とさせた。

一方、テッサイは広間には入ろうとせず用心棒たちの報告を受けていた。

ゴーグル男はあまり唇を動かさず、カツシロウを街に捨ててきたことを告げた。

また、屋敷づきの用心棒たちの報告も相次いだ。ウキョウ不在の間に数人の組主より付け届けがあったこと。テッサイは、ウキョウがアヤマロや自分に内緒で組主たちの数人と密接なパイプを持っていることをこういうかたちで聞き知っていたものの、アヤマロに決して報告しようとはしなかった。

ウキョウに仕えている身分である以上、ウキョウが「告げろ」と言わない限りテッサイは決してアヤマロに密告をしない。彼が「命令」に忠実な生き方をまっとうする「サムライ」であることをウキョウは十分に承知していたのである。テッサイもかつてはアヤマロの配下だったが、命じられてウキョウにつくようになった。

街でのウキョウの評判は最悪だ。ウキョウも、それがわかっていながらあえて、今日のように街場で堂々とキララを拉致している。テッサイにはウキョウの計算に思えてならなかった。虹雅峡でのあからさまなバカ息子という姿は、実際は仮の姿ではないのか。組主たちとの秘密の関係はそれを裏づけるものではないのか。テッサイは、仕える以上、ウキョウの描き出そうとしている未来を見届ける義務があると考えている。

浮舟邸正門前にやってきたカツシロウとキクチヨは、危険だからとコマチとリキチを木賃宿に先に帰した。

「必ず、キララ殿を連れて帰る」

カツシロウは力強くコマチに誓った。

金箔で飾り立てた正門を前に、キクチヨが大太刀を振り上げた。

「さーて、暴れてやろうぜ」

「まずは中に忍び込んで、それから……」

「めんどくせぇぜ、そんなもんはよ！」

キクチヨは大太刀に振り上げると、超振動を与え始めた。

「相手が無茶苦茶やって女攫うってンなら、こっちだってそうするまでだ！」

「待て、無用な騒ぎ立てはやめろ！」

止めに入ったカツシロウの声は、キクチヨの咆哮にかき消された。

「どぉうぉおおおーっ！」

キクチヨは正門を真っ二つに叩き斬った。キクチヨの中で渦巻くのは、あの男の言葉だ。

「──刀を持って迷うとはの」

崩壊する正門から噴き上がる粉塵の中を、キクチヨは豪胆なまでにまっすぐ進んでいった。凄まじい衝撃に、浮舟邸の中からゴーグル男をはじめとして用心棒たちが飛び出してきた。予想もしなかった攻撃に、誰もが息をのんだ。

「なんだ、てめぇは！」

「オレ様は、サムライだ！」

ゴーグル男たちに続いて出てきたテッサイが、キクチヨと、彼の横で抜刀するカツシロウに気づいた。

「おぬしは、先程の」

「キララ殿はどこだ！」

カツシロウは刀を構えた。刀を握っているうちに、肩の鈍痛が次第に感じられなくなってくる。

「どうします、テッサイ様」

ゴーグル男が肩越しにテッサイを振り返る。

「若の避難が優先だ。きゃつらの始末は任せる」

「了解」

テッサイが奥にさがると、ゴーグル男が部下たちに攻撃を指示した。間髪入れずキクチヨとカツシロウが斬り込む。すかさず、腕から先をワイヤーで飛ばすドリルパンチ男がキクチヨの右腕を刎ね飛ばした。

「んがっ！」

大太刀を持ったままちぎれ飛んだキクチヨの腕は、玉砂利を敷き詰めた地面に落ちた。ざっくりと地面に突き刺さった大太刀に喰らいついたままの右腕を蹴飛ばして突き放すと、キクチヨは素早く左手で大太刀を掴んだ。

「やりゃあがったな！」

大振りにブン回す大太刀の勢いに、用心棒たちは近づけない。隻腕《せきわん》になろうとキクチヨのパワーには変化なしだ。装甲に身を固めた火炎放射男を貫くと、発射寸前だった火炎放射器が誘爆を引き起こした。爆発の衝撃波が用心棒たちを怯ませる中、カツシロウは建物の中に突っ込んだ。

爆発と破壊の音が響きわたり、女たちは恐慌状態に陥った。

「若、お早く！」

ワーリャがウキョウの手を引こうとするが、ウキョウはその手を跳ね除けてキララを連れていこうとする。

「キララクンも一緒に！」

キララはウキョウの手をかわして、床を転がるようにして逃げ出そうとした。しかし、その眼前に駆け戻ってきたテッサイが立ちはだかった。

「どこへ行く」

息を呑んだキララに逃げ場はなかった。テッサイとともにゴーグル男もやってきたからだ。振り出した鉤爪がキララを威嚇し、すくませた。

ところがテッサイもゴーグル男も、背後から迫ってきた強烈な闘気を感じ取った。

「でぇあーっ！」

斬り込んできたカツシロウから、テッサイとゴーグル男は横っ飛びに身をかわした。

カツシロウは用心棒たちの間を駆け抜け、キララの手を握った。

「この手を放してはなりません」

「ああーっ、キララクン、戻っておいでよ！」

「若！　今は若の無事こそが優先です！」

テッサイが襖を開けてウキョウをその奥へ連れていこうとしたとき、地響きが近づいてきた。と、男の咆哮も轟然と近づいてくる。微震動は壁にヒビが入るほどに大きくなり、水槽の壁が一方向からの衝撃波に一斉に粉砕され、水をあふれさせた。

水の勢いにその場にいた全員が押し流された。カツシロウはキララの手を強く握って放さない。ウキョウを守るようにテッサイが楯になるが、激しい飛沫に叩きつけられてぶざまに転ぶ。ワーリャたち御側女衆も、きらびやかな衣裳を水浸しにして床を転がった。

水槽を破壊して飛び込んできたのはキクチヨだった。

「キララはどこだ！」

「キクチヨ殿、ここだ！」

「ひいいいいっ！」

カツシロウがキララの肩を抱き立ち上がったのと、ウキョウが魂の凍りつくほどの悲鳴をあげたのは同時だった。

「機械のサムライッ!?」

腰をぬかさんばかりに、ウキョウが叫んだ。子供のように泣きわめき、テッサイにしがみついた。その怖がりようは異常で、血走った目をむき、髪も逆立つほどだ。

「テッサイ、機械ッ、機械のサムライだよッ！」

「若、お気を確かに！　若！」

「ウキョウ様、しっかり！」

テッサイとワーリャたち御側女衆が取り乱すウキョウを揺さぶった。ウキョウは半狂乱になり、キクチヨを見てがくがくと震えている。

「うっせえな、てめぇ！　機械のサムライだからなんだってんだよ！」

キクチヨは苛立たしそう大太刀を床に叩きつけるように振り下ろす。超振動の衝撃波が床を走って真っ二つに破砕するが、ウキョウの尋常ならざる悲鳴はその破壊音よりはるかに高く響いた。

「助けてッ、助けてッ、機械のサムライだよぅッ！」

「テッサイ様、若を連れてお逃げください。娘は俺たちが連れ戻します！」

ゴーグル男が冷静に言い放ち、鉤爪を振り出した。

「あいわかった、娘には傷をつけるな！」

テッサイはウキョウを抱き支えるようにして襖を蹴り開け、撤収をはかった。浮舟邸は壁を壊して突き進んできたキクチヨのバカ力のおかげで半壊である。

「待ちやがれ、この人さらい野郎ッ！」

キクチヨは踏み込むが、モヒカン男に斬りかかられ阻まれる。怒りにまかせてモヒカン男を叩き斬ったキクチヨに、カツシロウが叫んだ。

「キクチヨ殿、キララ殿は無事なのだ、深追いすることはない！」

カツシロウはキララの手を引いてガレキを飛び越え、外へと逃げ出した。

「おうっ、ずらかるとするか！」

キクチヨも踵《きびす》を返した。ウキョウを深追いしたかったわけではないが、あまりに機械機械と連呼されたのが妙に気にくわなかったのだ。

ゴーグル男は追いながら、部下たちに怒鳴る。

「追え！　娘を連れ戻せ！　サムライどもは殺しても構わん！」

浮舟邸の外に出たカツシロウとキララ、キクチヨに、モノアイ男や巨大なハサミを装備した甲冑《かっちゅう》男など、さまざまにサイボーグ化した用心棒衆の追撃がかかる。

「お前ら、行け！」

立ち止まったキクチヨが甲冑男たちに斬りかかる。甲冑を叩き割られた内部の男が、血を噴出させて倒れた。

「かたじけない、キクチヨ殿！　後で会おう！」

「あの方は!?」

「カンナ村に行ってくれるサムライです。カンベエ殿に首を刎ねられても生きていた男、必ずや戻ってきます！」

その二人に、凄まじい火炎放射が襲いかかった。

二人目の火炎放射男が放ったバーナーをかわしざま、カツシロウとキララの手が離れた。

「カツシロウ様！」

「キララ殿！」

すかさずモノアイ男の腕が伸びてくるのを、カツシロウは身を挺してかばった。モノアイ男の伸縮腕はカツシロウの喉を抑え込んだ。反動で彼の手から刀がふっとび、近くの柱に突き刺さった。

強く締めつけられ、カツシロウは喉を圧迫され声を出せない。それでもキララを振り返り、

「逃げろ！」とかすれた声でキララを促した。

不安がキララの心をよぎったものの、迷っている暇はなかった。用心棒たちはキララに迫ってくる。キララはカツシロウを案じながらも踵を返し、走り出した。道を渡って層の淵まで行くと、階段を駆け降りた。

モノアイ男はカツシロウを突き放し、キララを追った。ゴーグル男が続く。

倒れたカツシロウは喉の激痛に視界がぼやける。起きあがろうとしたところに、用心棒の一人、トンファー男が両手のトンファーで後頭部を強打した。頭蓋が割れるほどの衝撃が脳天から首を駆け抜け、カツシロウはそのまま気が遠くなった。

奮戦するキクチヨは、片腕のまま大太刀をふりまわして甲冑男たちを次々に斬り伏せていった。

「おおい、カツの字ィ！　生きてるかァ！」

キクチヨに呼びかけられても、カツシロウの意識は遠のいたままだ。右手には、まだキララの手のぬくもりが残っていた。

キララは階層をつなぐ階段を駆け降り続けた。心臓が破れそうなほどに鳴り響き、背後から聞こえてくる追跡者たちの足音は決して遠のくことがなく、キララの足が止まるのを許さなかった。もはや自分がどこをどう走っているのかさえわからない。層の対角線をつなぐパイプや橋を、キララは縦横に走った。

しかし、パイプの一つを駆け抜けたとき、キララの行く手は突如、途切れた。

設営途中のパイプだったのだ。中途で途切れ、対角線上の層の縁まではかなりの距離があった。

足元に目を移せば、虹雅峡の下層部が奈落のように暗く、底なしのように見えて足をすくませた。真夜中の照明の洪水に比べ、昼間のほうが太陽の翳《かげ》りが起こる分、下層部は必要以上に暗く見えるのだ。下からは虹雅峡特有の、噴き上がる風が吹いてきてキララの髪と腰巻きをはためかせた。息があがり、喉が渇く。冷たい汗が背中を流れ落ちていった。

逃げ場を失ったキララの耳に、二人の追跡者たちが近づいてきた。ゴーグル男もモノアイ男も、勝ち誇ったようにゆっくりと間合いをとってきた。

「手間かけさせるんじゃねえよ」

モノアイ男がうんざりした調子で言うと、ゴーグル男も下からの風に長髪をふかれながら、言った。

「お嬢さん。危ないからこっちに来な」

「つまらんことは考えない方がいいぜ。どうせ逃げられやしねえんだ」

「ウキョウ様のもとに来りゃあ、何不自由のねえ生活が送れるんだぜ。悪い話じゃねえだろ」

男たちは一歩、また一歩とキララに近づいてきた。

じりじりと下がるキララだったが、踵《かかと》が縁にかかり、踏み外しそうになった。振り返っても、奈落と各階層ごとの橋しか見えない。

だが、はるか下の橋を行き交う人々の中に、キララは長髪を揺らし歩く一人のサムライの姿を見いだした。

——カンベエだった。


「無理はよしなって。逃げ場なんかどこにもねえだろ」

男たちには、下を見るキララの姿はただの悪あがきにしか見えない。

モノアイ男の腕が、キララをつかまえようとゆっくりと伸び始めた。

ゴーグル男が顎をしゃくって合図を送ると、モノアイ男は両腕を伸ばし速度を速めた。

しかし、その腕は空を切って交差した。

迷いはなかった。縁を蹴って、キララの体は宙に舞った。

「おい、待て！」

ゴーグル男の声もむなしく風にかき消えた。

「やりゃあがった！」

落ちる。

噴き上がる風の中を、キララは奈落へと落ちていった。

階層を行く人々にもキララに気づいた者がいた。

見上げた若い女が悲鳴をあげたのをきっかけに、多くの人々から声があがった。橋を渡りかけていたカンベエも、声につられるように上を見上げた。

「ああ、なんてこと！」

視界に飛び込んできたのは飛び降りてくるキララだった。そのはるか上方、身を乗り出して見ているゴーグル男とモノアイ男を見てとると、カンベエは人垣をかきわけて、キララに向かって跳んだ。

街の人々は少女に向かって身を投じた男にどよめき、成り行きをみようと縁から身を乗り出した。

瞬間、カンベエとキララの目が交差した。風をはらんだ砂防着《さぼうぎ》をはためかせながら、カンベエはキララに向かって手を伸ばした。

キララも真っ逆さまに落ちながら、宙に体をひねってカンベエを見上げた。自分に向かって落ちてくるカンベエに必死に手を伸ばした。

何層もの景色が、加速度的に過ぎ去り、空が遠くなる。その中で、自分だけをまっすぐに見据えてくるカンベエの瞳を、キララは信じた。

カンベエの視線は揺るがない。キララの目だけを見て彼女の手を掴むと、見ていた人々から歓声が上がった。

カンベエは、昇ってくる昇降機に目をとめると抜刀し、壁に突き刺した。切っ先が塗り壁を貫き、突き刺した衝撃から守るように、カンベエはキララの体を強く抱き寄せた。互いの鼓動が響きあった。刃は壁を切り裂きながら破片を飛び散らせ、火花が炸裂して二人の顔を照らした。

刀はさらに壁を裂いてカンベエとキララを引きずり下ろしながら、階層を次々に下げていった。次第に減速がかかる。カンベエは何も言わず、キララも無言のまま、埃の匂いを染み込ませたカンベエの砂防着に体を預け、しがみついた。緊張のあまり息が出来ない。

あがってくる昇降機にカンベエとキララは飛び降りた。

ようやく足場を得て、キララは安堵のあまり張り詰めていた気が緩み、眩暈《めまい》を起こした。

止めていた呼吸を取り戻し、酸素を求めて喘ぐ。カンベエの腕の中で力が抜け、膝をつく。

カンベエは何も言わないまま、キララをしっかりと抱きとめた。

カンベエの腕の中で、キララは次第に落ち着きを取り戻してきた。しがみついていた自分に驚いて身を引き、戸惑ってカンベエを見る。カンベエは厳しい瞳のまま、壁から刀を引き抜くと、

「飛ぶぞ」

短く一言だけ言って、キララの腕をとった。

上昇する昇降機は第十三階層に差しかかったところだった。カンベエはキララの腕を掴み、間合いをはかって第十三階層の地面に飛び降りた。

カンベエは刀を見やった。壁を裂いたためにわずかな刃こぼれが起こっていた。一振りして鞘に収めたその乾いた音に、キララは刀を見た。

サムライが、そこにいた。

「死ぬつもりだったのか」

カンベエの声は厳格で、静かだった。行き場を失った者がたどる道を、この娘も選んだのか。

「帰れと言ったはずだ」

「いいえ」

キララは凛として、言った。

「おサムライ様を連れて帰る使命が、私にはあるのです。こんなことで、私はまだ死ねません」

言葉を重ねるうちに、キララの背筋は伸びた。強くありたいと、自らに言い聞かせているかのようだった。

カンベエはキララの瞳に、強い生の輝きを見てとった。

第四章　喰う！

「よお。生きてるか」

キクチヨは気絶していたカツシロウを揺さぶった。

呻きながらカツシロウは目覚め、あたりを見回した。浮舟邸は崩壊し、まだ粉塵が舞っていた。ガレキの山の上には、キクチヨが斬り伏せたサイボーグ用心棒たちの屍《しかばね》が無造作に転がっていた。

「みんな叩っ斬ったぜ。娘はどうした」

体を起こしたカツシロウは、後頭部の痛みに顔をしかめた。慌てて懐を探り、振り子があるのを確かめる。

「無事だといいが……」

「頼りねえなあ。なんでずっと一緒にいなかった!?」

キクチヨに責め立てられ、カツシロウは自分の手を見つめた。鼓動が激しくなる。

「すまん……」

「オレに謝ったってしょーがねーだろ。ほれ、帰《け》ぇるぞ」

隻腕《せきわん》のキクチヨは大太刀《おおだち》を肩に担ぎ、先に立って歩き出した。カツシロウも痛む体を引きずりあげるように立ち上がり、柱に刺さった刀に気づき、引き抜いた。

刃こぼれの見られない、まっさらなままの刀だ。戦っていない刀。カツシロウの喉の奥から、苦いものが込み上げてきた。

「あがっ!?」

突然、キクチヨが素っ頓狂《すっとんきょう》な悲鳴を上げた。膝から、肘から、スパークがほとばしり、白い噴気が上がった。

「いでででで!」

機械の体が耳障りな軋みをあげた。キクチヨの体は機動を止めてしまい、一歩踏み出した姿勢で立ち往生してしまった。

「この、このッ、ポンコツめ!」

「大丈夫か、キクチヨ殿!」

「だめだぁ!　いってぇなァ!　ちゃんと直したのかよぉ、マサムネのとっつぁんよぉ!」

「おめぇが無茶するから壊れたんだろうが」

声をかけてきたのはマサムネだった。工房から出てきた彼は、頭巾《ずきん》を被って工具を仕込んだポケットが沢山ついた前掛けをつけて、大きな大八車を引いていた。

「マサムネ！　よくここがわかったな」

「自分の体だろ。もっと大事にしろや」

マサムネは崩れた浮舟邸を睥睨《へいげい》して、苦笑いしていた。

「こりゃ派手に暴れたもんだなァ。いやなに、ウキョウの屋敷が真っ二つになったって下のほうじゃ大騒ぎでな。もしやと思ってきてみたら案の定だったってわけよ。喧嘩するたんびに家ぶっ壊すのはキクの字の御家芸だからなァ」

「失礼だが、そなたは」

カツシロウは訝《いぶか》って赤鼻の職人に訊ねた。

「あっしはマサムネってぇ鍛冶屋でさ。兄ちゃん、悪いがそこに引っ掛かってる腕、とってきてくんな」

マサムネは、ガレキにたわむ電線に引っ掛かったキクチヨの腕を指さした。

ウキョウはテッサイと御側女衆《おそばめしゅう》とともに、最上層のマロ御殿に逃げ込んでいた。

別邸の閨《ねや》に転がるように入りこむと、そのまま彼は天蓋《てんがい》つきの豪奢《ごうしゃ》な寝台に横になった。間接照明によって仄暗《ほのぐら》い部屋の中で、ウキョウは震え続けていた。

安全だとテッサイや女たちに何度言われようとも、ウキョウの怯えようは変わらなかった。血の気を失って青ざめた顔はいつまでも歯の根が合わず、瞳孔が縮んだ瞳は血走って落ち着きがない。

急を聞いて、キュウゾウとヒョーゴを伴ったアヤマロが現われた。

「困ったことをしてくれたものじゃ」

アヤマロは入ってくるなり、憤激に顔を真っ赤にしてウキョウの両肩を摑んだ。

「御勅使殿《おんちょくしどの》来峡を前にして、何をしておるのじゃ。このような騒ぎを起こして、街の者に示しがつかぬぞえ。自分がどう思われておるのか知っているであろう」

「機械のサムライが来たんだ」

「あぁ？」

「機械のサムライだよッ！　機械のサムライが僕を斬りに来たんだよッ！」

このこだわりは異常だ、とテッサイは奇異な感覚を拭えなかった。

「誰もそちを斬れぬ。そちは虹雅峡《こうがきょう》が差配アヤマロのせがれウキョウじゃ。よいか、百姓の娘などにかかわってはならぬ。身分をわきまえよ。そちはこれからの世を統べるアキンドの子、下を見るな、上を見よ」

「上……。そうだね、そうだよね……。だけどね、あの機械のサムライだけは見つけたら、殺して。機械のサムライは嫌いだ。大っ嫌いだ！」

唾をとばして叫ぶウキョウの剣幕に、アヤマロは長い嘆息《ためいき》をついた。

「……此度《こたび》のこと、不問に伏すというわけにはゆかぬ。大勢の者が見ておる。街の者の手前、そちはしばらくここからは出さぬ。よいな」

「わかったよ……。でも、あいつだけは殺して。機械のサムライ！」

「御前。機械のサムライは俺が始末します。おっつけ、かむろ衆より追跡報告もありましょう」

ヒョーゴが進み出た。

ウキョウは目を輝かせてヒョーゴにしがみついてきた。

「よいねえ！　わかってるねえ！　やっちゃって！　すぐ行って！　機械のサムライ斬ったら、キララクン連れてきて！」

さっきまで機械のサムライを連呼し半狂乱だったにもかかわらず、娘への執着を捨てない懲りないウキョウにヒョーゴは呆れた。困ったようにキュウゾウを見ると、まるで興味なさそうに相変わらず視線を落としている。

「ウキョウ。御勅使殿筆頭饗応役《きょうおうやく》の任は解く。御勅使殿が都に戻るまで、ここから出てはならぬ。よいな」

アヤマロはきつく言いつけ、キュウゾウとヒョーゴを伴い退室していった。

ウキョウはワーリャを寝台に引き寄せると、上掛けを被った。


回廊に出たアヤマロに、テッサイが駆け寄ってきた。ウキョウの恐れの正体を知りたかったのだ。

アヤマロは人目をはばかり、御殿の奥にある黄金の茶室にテッサイを招き入れた。戸口にはヒョーゴとキュウゾウを立てて見張りをつとめさせることを忘れない。

身を屈めて茶室に入ったテッサイは、すぐにアヤマロににじり寄った。

「お答えください、御前。私は若をお守りするように御前に言われました。若についてまだ知らぬことがあるなら、全てつまびらかにしていただきたいのです。全てを知らずして、若をお守りすることなど出来ようはずもありませぬ」

「……無理もないのう。余とてウキョウが、あれほどに機械のサムライを恐れおののくとはゆめゆめ思わなかったゆえ」

「あまりに異常な反応です。若に過去、何かがあったとしか思えませんが」

アヤマロは大きく嘆息《たんそく》した。茶を点てるわけでもなく、手持ちぶさたに動かしている太い親指に視線を落とした。

「これは余の胸に仕舞っておくつもりであったが……。そうよの、そちにだけは話しておくべきだったやもしれぬ」

テッサイはアヤマロの次の言葉を待った。

「あれは、余の嫡子ではない」

「やはり……」

「ほう、やはりと言うか」

「はッ、おそれながらそれとなくは……。御前が若に身分について、よく諭《さと》しておられますゆえ」

「あれは、もとは百姓じゃ。戦後間もなく、焼け跡に出来た色街で春をひさいでおったのじゃ」

「若が、春を……」

「しかしながらあの頃からウキョウは目端がきくというか……、商いの才覚を持っておってな。自らを売りながらも店を切り盛りし、色街一番の稼ぎを誇っておった。余は、あれの客だったのじゃ」

テッサイは目を丸くした。

「元は百姓と聞いたのは、店の遣り手からでな。ウキョウは決して自分の素性を喋らん。どこで学んだか商いについて一家言もっておってな。実に面白い男なのじゃ。世継ぎのなかった余は、あれを身請けした。百姓でありながら商いを知り尽くすあれに、余のもてる全てを注ぎ込もうと思うてのう。もう、わかったであろう。あれが機械のサムライを異常なまでに恐れるのは、百姓時代の記憶ゆえじゃ。相当に、恐ろしい目にあったようでの。身請けした頃、野伏せりに怯えるだけの村が嫌で捨ててきたと聞いただけで、詳しくは余も知らぬ。じゃが、知らぬままでよいのじゃ。余があれに伝えんとしていることには、なんら関わりがないからの」

「そうでしたか……」

テッサイは、アヤマロの話を反芻《はんすう》していた。疑問のすべてが氷解したわけではなかったが、今までただ仕えることに徹してきた己の主人に、テッサイは純粋な興味を覚えた。アヤマロは確かに優れたアキンドに違いないし、その知恵はおそらく、ウキョウを引き取った頃より事細かに伝えられているに違いない。にもかかわらずウキョウの道楽息子ぶりは、アヤマロの見込み違いだったというのか、それとも……。

「ウキョウがそれほどに恐れる彼《か》の機械のサムライ、野伏せりと同類かえ？　紅蜘蛛型か雷電型といった、なりの大きなものか？」

「いえ、見たことのない型でした。おそらく規格外ではないかと……」

「ふうむ。なんにせよ捨て置くわけにもいくまいて。ウキョウがあの調子では今までかけた金が無駄になる……。ここはアキンドの街、サムライと百姓にのさばられては身分の筋が乱れるというものじゃ」

アヤマロはヒョーゴに声をかけた。ヒョーゴはすぐに襖を開けて入ってくると、膝をすべらせ、アヤマロに向き合って座った。

「機械のサムライは娘を助け出しに来たと言っておった。組主《くみぬし》より報告のあった、米でサムライを雇い入れようとしている百姓に違いない。機械のサムライも、おそらくは米で雇われた者じゃろう。機械のサムライを斬りに行ったおり、その一党は全て斬れ」

「若様御所望の娘も、ですか」

「無論じゃ」

木賃宿《きちんやど》に戻ってきたキララの無事な姿を見て、落ち着かない時間を過ごしていたコマチはすぐに飛びついていった。

「姉様！」

「心配かけましたね、コマチ」

コマチの目線に屈み、強く抱きしめるキララ。妹の顔を見て、キララの表情もようやく和らいだ。

「水分《みくま》り様、お帰りなさいまし」

なにをするでもなく、カツシロウたちが帰ってきたときのためにと米を炊く竈《かまど》の火を火吹き竹で起こしていたリキチも、ほっとして笑顔を浮かべた。いつもはからかうばかりの人足たちも、今度ばかりは安堵すると同時に、驚きもしていた。

「よかったなァ、アンタら。ウキョウに連れてかれて、無事に出てこられるなんてアンタ、運がいいよ」

「あなた方にも心配かけてしまったんですね、すみません」

キララに頭を下げられて、人足たちは恐縮して居ずまいを正し、わざわざ正座して会釈をかえした。

「姉様、カツシロウ様とキクチヨのおっちゃまは?」

「それが……」

キララは言いよどんで戸口を振り返った。

戸口にのびてきた影は、カツシロウともキクチヨとも違い、コマチもリキチも怪訝に顔を見合わせた。そして姿を見せたカンベエに、二人は「あ！」と絶句したまま固まってしまった。

「御無礼する」

カンベエはリキチとコマチに目礼した。

「カンベエ様に、助けていただいたのです」

キララの左手首に、振り子がないことにコマチが気づいた。

「あれっ、姉様、振り子がないですよ!?」

「ええ……」

「あのう、水分り様……。カツシロウ様は……」

おずおずと訊ねるリキチに、キララは唇をかんで目を伏せた。彼女の気持ちを察したのか、カンベエが答えた。

「彼《か》の者には、己を知る好機となろう」

「おのれをしる……、こうき…？」

カンベエの硬質な眼差しに、リキチは萎縮したように繰り返していた。

「よぉッ！　おぬし、一時ぶりではないか！」

マサムネが引くキクチヨを乗せた大八車の後を、痛む体を引きずって歩いていたカツシロウは、よく通る太い声に我に返った。いままで、ただ無心に大八車について歩いていただけで周りの景色などまるで見えていなかったが、ゴロベエの露店の前を再び通っていたようだ。

「揉めごとはもう仕舞いか？　無事で何より、と言いたいところだが、いかんな、いかんな。おぬしまだ暗い！　暗いぞ！」

「ほっといてもらおう」

カツシロウは握りしめた振り子を強く意識した。無視して先を急ごうとしたが、マサムネは大八車を止めて面白そうにゴロベエの幟《のぼり》を見ていた。思わず、幟に書かれていた言葉を読み上げる。

「命、売ります？」

「はてなァ、ここらじゃ初めて見る顔だァ」

と、キクチヨも首をひねる。

あからさまに不快な表情を見せるカツシロウをまるで意に介さず、ゴロベエはマサムネとキクチヨにも扇子で掌を叩きながら愛想をふりまいてきた。

「これはどうもどうも、この若いのとはちょいとした縁《えにし》でな。その方らは、この者の連れか？」

「まあ、そんなようなもンだ」

「マサムネ殿、キクチヨ殿、この者は芸人だ。よりにもよって、刀で芸をするというのだ」

「へーえ、そいつぁ面白そうじゃねえか」

キクチヨが身を乗り出した。マサムネの応急処置で首だけは動かせるようになっていたが、まだ動作は緩慢だ。

「なにが面白いものか。刀は武士の魂だぞ！」

「かたいこと言うなって。オレぁ見たいね、その芸をよォ」

「キクチヨ殿！」

「カツの字よぅ、あんたいつまでも過ぎたことをぐじぐじ考えてるだろ。いけねえなあ。すんじまったもンはしょうがねえだろうが」

マサムネの目は、カツシロウが握った振り子に注がれていた。

「そいつの持ち主のことは一度忘れな」

「忘れることなど……」

カツシロウがマサムネに反論しようとしたとき、突然耳をつんざく銅鑼《どら》の音が鳴り響いた。周りを行く人々も皆足を止め、銅鑼を叩くゴロベエを注視した。

「さァお立ち会い！　生きるも死ぬも運次第、命を的の大勝負の始まりだ！」

たちまち、人だかりが出来始めた。なかには何度も見ているのか、「あの人、凄いんだよ」と、さも自分だけが知っているように周囲の人に言いふらしている者もいる。

「この勝負に挑むのは、そこな若ザムライ！　さァ、ご用とお急ぎでない方は見てゆかれるがよい！」

ゴロベエは閉じた扇子でカツシロウを指した。カツシロウが仰天して断ろうとする前に、周囲の人々から歓声と拍手がわきおこった。こうなるとゴロベエの術中だ。カツシロウは人垣に逃げることも出来ず、期待の眼差しで自分を見る人々を前に、肚《はら》を括《くく》る以外に道はなかった。振り子を懐にしまうと、彼はゴロベエを凝視した。

「へえ、うまいもんだな。カツの字を追いつめてるよ」

マサムネが感心するが、キクチヨが動かない体をうらめしそうに見て呟いた。

「オレがやりたかったぜ、命を的の大勝負……」

ゴロベエは扇子を拡げると、不敵にニヤリと笑ってみせた。

カツシロウは顎をひいて歯を食いしばり、一歩前に踏み出した。

「……なにをすればいい」

「なァに簡単なこと。某《それがし》と賭けをせぬか？」

「賭け……？」

「その方、弓の心得はあるか」

「勿論《もちろん》だ」

「では、この矢で某のここを狙え」

ゴロネエは露店から弓と一本の矢を抜くと、カツシロウに渡した。そして、自分の眉間を指さした。

弓を受け取ったカツシロウは、ゴロベエの申し出に目が点になった。ひととき、振り子とキララのことは頭から消し飛んだ。

驚いたのは周囲の見物人たちと、キクチヨとマサムネだ。

「ほお、そりゃすごい」

「かっこいいじゃねえか！」

マサムネもキクチヨも、素直に感心する。どよめく人々の反応を楽しみながら、ゴロベエはひときわ声を張り、口上を謳《うた》い上げるがごとく語り始めた。

「某、その方が放った矢をこの手で受けとめてみせよう。失敗すれば某の命、この場に一巻の終わりという大一番だ。負ければ死すべし、勝てばその方、今日のめしを某に世話すると。皆の衆、もしも某が見事受けとめて命を明日につなぐことが出来ればこの幸い、投げ銭をひとつよしなに願うでござる」

再び見物人たちから声があがる中、カツシロウにも人々の注目が集まる。

「……とまぁ、かようなことでな。おぬしも頼むぞ」

「……よかろう」

もはや退くに退けず、カツシロウは頷《うなず》くしかなかった。

マサムネは押し売り同然にはじまったこの勝負を、大八車によりかかって楽しんでいる。

一方キクチヨは面白がりながらも、どこか呆れていた。

「面白いサムライじゃねえか。なあキクの字」

「へっ、あんなもんはもうサムライじゃねえよ」

「そうかねえ……」

マサムネは苦笑いする。はじめはカツシロウをあおって盛り上がっていたというのに、口上を聞いた途端キクチヨは醒めてしまったようだ。

しかし大勢の見物人を前にして、ゴロベエの舌の滑りはさらによくなっていった。

「さァてお立ち会い！　命を的の大勝負！　生きるも死ぬも運次第！」

ゴロベエは見物人を煽りながらカツシロウとの距離をとっていく。露店から矢立をとると、朱を含んだ筆で眉間に的がわりの赤い丸を書いた。二十尺も離れたところで、ゴロベエはカツシロウに向かって声を張った。

「さァ若いの！　しっかり狙え。ここだぞ！」

眉間の丸を指さし、ゴロベエは期待に頬を紅潮させた。

カツシロウは深呼吸すると、矢を弓に番《つが》えて弦を引き絞っていく。指先を文字どおりゴロベエの眉間に狙いを定めているうちに、カツシロウはいつの間にやら自分が芸人の片棒を担いでいることに気づいた。ゴロベエの巧みな客いじりにすっかり乗せられているではないか。彼をさんざん非難しておきながら、見物人を盛り上げるのに一役買っている自分に呆れ、カツシロウは矢を下げた。

「馬鹿馬鹿しい。戯れで命のやりとりなどするものではない」

たちまち、落胆の声がさざ波のように見物人の間に拡がっていった。

ゴロベエは唇の端を歪めて笑った。

「臆したか。つまらん奴だな」

「何を言う！　愚弄《ぐろう》するか！」

ゴロベエはカツシロウの感情と矜持《きょうじ》を巧みに操って乗せていく。彼から見たら、カツシロウは扱いやすい客だった。さらに乗せていくために一歩前に出た。

「よし、それでよい。おぬしには特別に、もそっと近くしてやろう……。ホレ。これでどうだ。

さァ討ってみろ！」

距離を縮められたことが、カツシロウには侮辱と映った。この場で、この男に、自分がサムライだと証明したかった。再び矢を構えると、狙いを定めて引き絞った弦を一息に放った。弓を蹴って一直線に飛んでくる矢の切っ先を、ゴロベエは身じろぎも瞬きもせずに見据えていた。恐怖など何もなく、矢が放たれた瞬間から彼の鼓動は興奮に昂ぶっていた。この一瞬、彼の心はあの空の戦いの日々に戻っていた。そして十分な間合いをためてから、息を止めて矢を摑んだ。

一瞬の動から、再び静に変わった。赤い丸印に切っ先が当たり、皮膚が切れて血が滲み出す。矢を握りしめたまま仁王立ちのゴロベエは、眉間の痛みに手応えを感じ、そのまま陶酔しきっていた。頬の傷が絶頂のあまり赤く染まり、のけぞって軽く痙攣《けいれん》していた。やっと、ためていた息を吐き出したとき、法悦のあまり声が裏返っていた。

「ほぉぉぉっ……」

「あーあ、いっちまってやがる」

キクチヨには、ゴロベエの快感は理解できないようだ。

見物人からは拍手喝采、ゴロベエは寸前で止める自分の技術を見せると同時に、カツシロウの確かな弓の腕も証明してみせたのである。二人に向かって歓声があがり、投げ銭が飛んだ。しかし投げ銭がどれだけ飛ぼうと、いまのゴロベエは矢を見切ったことと眉間の疼痛こそが最高の快楽だったのである。

マサムネは可笑《おか》しくて仕方なく、手を叩いて喜んでいた。

「いいぞォ、カツの字！　芸人さんも最高よ。これだからサムライって奴ぁ好きだね！」

カツシロウは、舞い飛ぶ投げ銭と自分にかけられる「あんたも凄いよ、おサムライさん！」といった声に気分が昂揚し、無意識のうちに照れたような笑みを浮かべていた。

「行こうぜ行こうぜ！　カツの字よぉ！」

わめくキクチヨの声が、カツシロウの耳に遠く響いた。

マロ御殿ではかむろ衆が百姓のいる木賃宿を突き止めたとヒョーゴに連絡してきていた。かむろ衆は皆同じ白塗りを施し、制服を着て刺股《さすまた》を装備したアヤマロの私兵である。各階層の聞き込みを行い百姓がいつもどこに帰るかつきとめ、木賃宿の場所を明らかにしたのである。現在、二人が張り込んでいるという。

「テッサイ殿にこの旨伝えろ。自ずと若様にも伝わるだろう。かむろは三班立てて、俺についてこい」

ただちにヒョーゴが立った。

「おぬしも行くか」

ヒョーゴはキュウゾウに声をかけた。

接客中のアヤマロについて戸口に鎮座していたキュウゾウは、目線をヒョーゴに向けただけで立ち上がろうとはしなかった。

「久しぶりに、サムライを斬れるぞ」

ウキョウやテッサイの話を聞いても、浮舟邸を襲撃した二人のサムライにはキュウゾウの食指は動かなかった。立ち上がらない。その態度が、キュウゾウの返事だった。相変わらずだな、とヒョーゴは苦笑いし、背を向けた。

「どんな奴だったかは、後で教えてやるよ」

立ち去っていく友の足音を聞きながら、キュウゾウはまた目線を伏せた。

ヒョーゴとかむろ衆が出動準備を整えている頃。木賃宿では、囲炉裏《いろり》の前では胡座《あぐら》をかいたカンベエの前に、コマチが山盛りのどんぶり飯を置いたところだった。

カンベエは炊き上がったばかりの、ほのかに湯気を立ち昇らせる白い飯粒をじっと見つめた。

——この飯を食べるということは、契約を意味する。俺たちサムライは、過去の大戦でも米を食って刀を揮《ふる》ってきた。百姓が精魂込めて作ったこの米は、すべからく命の糧《かて》だった——。

ちょこんとキララの隣に座ったコマチが、カンベエが食べるのを促す。

「どうぞです、おサムライ様」

そう言う二人の前には、ホタルメシの椀が置かれていた。

カンベエはホタルメシを過去に何度か見たことがあった。緑と汁気の多い百姓の食事からも、暖かな湯気はどんぶりめしと同様に立ち昇っていた。

そのとき、カンベエの目線が戸口に向けられた。何かを感じ取ったのだ。

カンベエが感じ取ったのは、ようやくたどりついた二人の男の体にまとわりついた、今し方まで戦ってきた匂いだったのかもしれない。大八車に乗せたキクチヨを引いたマサムネとカツシロウが、木賃宿の前で止まった。ちょうど、囲炉裏にくべる薪をリキチが運びこんでいるところだった。

カツシロウに声をかけられて振り返ったリキチは、目を丸くして頭を下げた。

「カツシロウ様、御無事で！　水分り様は帰ってきてるだよ、無事だ！」

「キララ殿が！」

カツシロウの表情が一変して木賃宿の中に飛び込んでいった。

「ありゃあ惚れとるなあ」

マサムネは頭巾を被り直しながら、苦笑いした。

「キクの字よ、歩けるくらいにはここで治してやるか」

「とっとと頼むぜ」

「キクチヨ様、また、壊れたんだか」

「またはねえだろ、リキチよぉ！」

マサムネは前掛けから工具を一式引き抜くと、キクチヨの修理を始めた。

手際のいい工程を横目に、リキチは言いにくそうに、キララが無事に戻った経緯を話し始めた。

宿に飛び込んできたカツシロウの目に真っ先に映った人物は、囲炉裏の前のカンベエだった。カツシロウは、飯を前にしたその姿を見て上がり框《がまち》に足をかけたまま止まってしまった。

「……カンベエ殿！」

その声に、キララとコマチも振り向いた。

「あーっ！　カツシロウ様！」

「カツシロウ様！」

キララの笑顔に、カツシロウも笑顔を返した。

「キララ殿、御無事で！　では、カンベエ殿が……？」

途端、カツシロウの背後から、最大音量のキクチヨの声がぶっとんできた。

「なにぃッ！　あのヒゲ、またしゃしゃり出てきやがったのか！」

その声に、カンベエの表情が和らぎ、立ち上がった。戸口に向かうカンベエに、カツシロウは声をかけた。

「カンベエ殿」

「あの声は、キクチヨだな」

「はい……」

カンベエは戸口に立つと、こちらには背を向けた格好のキクチヨに声をかけた。

「ここで何をしている」

修理中でまだ動けないキクチヨは、ギョッとして首だけをまわした。

「そりゃこっちの台詞だ、ウソツキ野郎！　てめぇ、カンベエってンだってな！　いいかてめぇ、野伏せりはオレ様が斬る！　てめぇはいっぺん断ってンだろ、とっとと失せろてンだ！」

噛みつきそうな勢いだ。起動できていたら、迷わず大太刀をふりまわしてカンベエに斬りかかっていたことだろう。

「その闘争心、大事にしろ」

「わかんねえぞ、この野郎！」

カンベエはまるで動じることなく、壁によりかかったまま穏やかに言って中に戻っていってしまった。リキチが慌てて後に続いた。

「待てコラッ！　カンベエッ！」

「うるせえなあキクの字。早く動きたかったらあんまりわめくな。うるさくって修理に集中できねえんだよ」

マサムネに言われて、キクチヨの返事は排気管からブシュッと一発噴気しただけ。ふてくされたキクチヨはいつもこうだ。

木賃宿の中に戻ったカンベエに真っ先に声をかけてきたのは、カツシロウだった。

「今、伺いました。キララ殿を助けたのは、あなただったのですね」

「儂《わし》は受け止めたにすぎん」

カンベエはつとめて距離を置くようにして、カツシロウに言った。

「……初陣、痛かったようだな」

カツシロウは唇を噛んだ。血が止まったいまでも、体中の傷は鈍く疼き続けている。確かに、真剣をもって「戦い」の場に挑んだのはこれが初めてなのだ。なのに……。武家屋敷で学んできたことが、何一つ役に立たなかった。悔しげに拳を握りしめたカツシロウの脳裏を、今日一日の出来事が駆け巡っていた。そして、懐に仕舞ったままの振り子を思い出した。

慌てて懐に手を突っ込み、振り子をとり出した。キララが「あっ」と声をあげ、瞳を輝かせた。

「ありがとうございます、カツシロウ様」

カツシロウはキララに振り子を渡すと、いきなり土下座していた。

「キララ殿、すまぬ！」

「カツシロウ様……」

「そなたを守れなかった。手を離すなと己で言っておきながら、手を離したのは私の方だ。そのうえ、あの無法者どもを斬ったのはキクチヨ殿だ。私は早々に倒され、あろうことか気絶してしまう有りさまだった……。なんと情けないことか。サムライを名乗っている自分が、あまりにもふがいない」

「いいのです、カツシロウ様……。こうして皆、無事だったのですから」

語りかけてくるキララのいたわりも、いまのカツシロウには自分の弱さを自覚させる理由にしかならなかった。それ以上何も言うなとばかり彼は顔をあげ、激しく言葉を継いだ。

「いや、まさしくカンベエ殿の言うとおりだった。そなた一人守れぬというのに、どうして村を野伏せりから守れよう」

カツシロウの声は震えていた。自分を責め立てるカツシロウにたまらない気持ちになり、キララは助けを求めるようにカンベエを見やった。しかしカンベエは、まるでカツシロウの気持ちを推し量っているかのように動かず、ただ顎鬚《あごひげ》をなでているだけだった。自分で吐き出した言葉の苦さを、カツシロウは床に手をついたまま反芻していた。

ところが突如、壁をブチ抜いて大太刀を持ったキクチヨが飛び込んできた。修理が終わった途端に、漏れ聞こえてきたカツシロウの慟哭が我慢ならなかったのだ。

「そんなンじゃあダメだ、カツの字!」

塗り壁を粉砕したキクチヨの力に、コマチは仰天してキララにしがみついた。

「うわわ、壊しちゃったですぅ!」

「やめろ、キクの字!」

壁穴をまたいで入ってきたマサムネがおさめたが、キクチヨの激昂は止まらない。

「やかましい！　このヒゲにひとこと言わなきゃ気がすまねえンだよ。話はリキチから聞いたぜ、負け戦がなんだってンだ！」

キクチヨは大股にカンベエの前で仁王立ちになると、どんぶり飯を取り上げた。

「見ろよ、このメシを！　これがてめぇのメシだ！　この米作るのにこいつらがどんだけ汗水たらしてるのかわかってンのか！　わかんねェだろ、てめぇはサムライだもんな！　てめぇらに米食わせて、こいつらはこんなモン喰ってンだぞ！」

キクチヨはホタルメシを指した。

わめくキクチヨの大きな背中を、マサムネはじっと見ている。彼は、キクチヨがこれまでどんな道程を経てこの街に流れてきたのか、知っているのだ。

そんなマサムネの視線にはまるで気づかないまま、キクチヨはさらにカンベエにたたみかけた。

「村に行ってやれ。娘助けたてめぇだ、助けるなんざどっちも変わりゃしねえだろうがよ！でなきゃあ、オレ様ここで、てめぇを斬る！」

本気でカンベエとやり合うつもりだった。キクチヨは左手にどんぶりめしを持ったまま、右手で大太刀をふりかぶった。

だが、激情に任せて振り降ろされた大太刀を、カンベエは両手でしっかりと受けとめた。正眼にかまえたままの真剣白刃取りは、さしものキクチヨが押せども引けども大太刀は動かない。どんなに力を入れても、ビクともしないのだ。

「てめぇ、放しやがれ！」

カンベエはキクチヨを見据えた。静かに、揺るぎない声で、言った。

「儂の肚はもう、決まっている」

「何言ってンだ、今ごろ！」

「話す暇《いとま》を与えなかったのは誰だ」

キクチヨの激情は急速に冷えていった。周りを見渡して、ひとりだけ熱くなっていた自分が急に恥ずかしくなった。

「……こりゃすまねえ」

カンベエは両手の力を緩めた。キクチヨは大太刀をやっと引くことが出来た。すかさず立

ち上がったカンベエは、キクチョの手からどんぶり飯を取り上げた。飯はまだうっすらと湯気を立てていた。艶やかに、光沢に映える飯粒が眩しかった。

カンベエはキララたちの前でどんぶりをかざした。

「この飯、おろそかには喰わんぞ」

どんぶりを通して、カンベエの掌に暖かな飯の温もりが伝わってくる。

カンベエは契約を交わした。また、戦に起つのだ。飯の温もりが己の体を内側からたぎらせ始めているのがわかる。戦後、何度こんな感覚を味わったことだろう。今度は、この戦はどんな運命をたどるのか——。

「へえーっ、ありがとう存じますだ!」

リキチが頭を床にこすりつければ、コマチも慌ててそれに倣《なら》う。キララも、静かに頭を下げた。

カツシロウは、やはりカンベエこそが自分が目指すに足るサムライだという思いを新たにした。彼こそ、自分の師、「先生」だ。

キクチヨはふてくされて、寝てしまった。

人足の一人が呟いた。

「……とうとう、サムライをつかまえやがったぜ、こいつら」

マサムネもまた、キクチヨの首を刎ねたというこの男に感じ入るものがあった。この時代に、大戦のときのサムライを体現している男。人足が言うとおり、この男の参入は百姓たちを大きく変えていくかもしれないとマサムネは思っていた。

◎

木賃宿のある階層に、かむろ衆が静かに集まりつつあった。

陣頭指揮をとるヒョーゴは木賃宿を見下ろせる見晴らし台に立つと、街のあちこちから自分を注視するかむろ衆に指を立てて合図を送った。

二人一組になって散開せよ。木賃宿の正面、裏口をかためること。ヒョーゴが合図するまで姿を見せぬこと。

彼は先陣を切って乗り込むつもりだった。相手は子供と機械とはいえ、ゴーグル男たちの証言によれば確かに「サムライ」だったというではないか。機械のサムライは力任せの喧嘩剣法、子供のほうは指南書どおりの棒振りに過ぎなかったとか。とはいえ、街のゴロツキを成敗するよりは少しは手応えがあるのではないか。ヒョーゴにはひとときの手慰みだった。

「ヒョーゴ様」

先行して現場で張り込ませていたかむろの一人が駆けつけてきた。

「木賃宿の百姓どもに、もう一人、サムライが接触しております」

「もう一人？　機械と子供以外にか。どんな奴だ」

「年の頃四十を越えているかと。風貌古武士を思わせ、先の大戦経験者であることは明白です」

「ほう。百姓どもに手駒が増えたということか。あやつも来れば面白かったものを」

ヒョーゴは御殿でアヤマロの警護についているキュウゾウを思った。手慰みかと思っていたが、どうやら風向きが変わったようだ。

「お前たちは待機していろ」

ヒョーゴは踝《くるぶし》までの長い羽織をひらめかせて、見晴らし台を駆け降りていった。

木賃宿のある階層には、他にも安宿に一膳飯屋などが軒を並べている。無秩序を絵に描いたような雑然ぶりは、かむろ衆が身を潜めるには好都合だった。

階段をいくつも降り、ヒョーゴは気配を殺して木賃宿に近づいていった。


木賃宿ではキクチヨが修理を終えたところだった。腕を大振りにまわして、噴気する。

「よぉーっしッ、今ならカンベエに勝てそうだ！」

「おめえじゃ、あのオッサンには一生勝てやしねえよ」

「けっ、ぬかせ！」

キクチヨはふてくされて、囲炉裏端に向かった。

そこにはカンベエが、リキチの描いたカンナ村の略地図を見て思案しているところだった。天を突く木々、鬱蒼とした深い森、小さくまとまった集落を囲むように棚田が重なっている。橋を隔てて、さらに田畑と家並。百人あまりの人口が暮らすには、十分すぎる広さと自然をたたえた村だ。

陸の孤島ともいうべきカンナ村を前に、カンベエは眉間に皺をよせて顎鬚をなでていた。

「周りに遮るものなしか……。断崖の守りが難儀だな」

「先生、この街で武器を購《もと》め、村人たちに訓練を施してはどうでしょう」

カツシロウが身を乗り出した。カンベエのサポートをしている気分で、声も弾み昂揚していた。

だがカンベエは、カツシロウの興奮に水をさすように言った。

「これは戦だ。遊びとは違う。守るのは攻めるより難しいものだ」

「はい……、先生」

「やめろ。お前に先生と呼ばれる覚えはない」

半ば呆れたようなカンベエにも怯まず、カツシロウは負けまいと素直な気持ちをぶつけた。

「たとえ門弟にあらずとも、やはりあなたは師です！」

カンベエは顎鬚をなでていた手をとめ、小さく嘆息した。彼が何か言おうとしたとき、先にカツシロウに口をはさんできたのはキクチヨだった。

「調子いいなァ、カツの字！　おめぇさっきまで凹んでたじゃねえか！」

「私は、正直に自分の気持ちを話しているだけだ！」

「正直にぃ？　おいおい、おめぇカンベエにおべっか使ってるみてぇだぜ？」

「無礼な！　そなたも武士なら、いかに村を守るか知恵を出してはどうだ！」

「よせ、カツシロウ」

気色ばむカツシロウを、カンベエは諫めた。その鋭い瞳はカツシロウの二の句を完全に封じ込めてしまったが、幼いコマチにはカンベエの威圧はまったく通じていなかった。

「そうです、よせです！」

えっへん、と口をはさんだコマチが何を言い出すのかと、キララははらはらとコマチの手を握った。

「これ、コマチ」

「いいですいいです、姉様は黙っててくださいです。カツシロウ様もキクチヨのおっちゃまも村に来てくれるおサムライです。ケンカしちゃダメです」

「いや、二人は数には入れておらん。村へは連れていかぬ」

カンベエはにべもなかった。その気になっていたカツシロウもキクチヨも文字どおり冷水を浴びせられたように唇をふるわせ、唖然となった。

「先生……！」

「なんだとオイ!?　後から入ってきてそりゃねえだろ、オッサン！」

「欲しいのはサムライだ」

カンベエは、それぞれに何かを自覚させるように、カツシロウとキクチヨを突き刺すように見つめた。

戦を知らぬカツシロウにも、機械のキクチヨにも、カンベエの言わんとしていることがわかるのだ。二人はなぜ、数に入れてもらえないか、わかりすぎるほどわかっている。マサムネも目を伏せてカンベエの判断を「正しい」と思っていた。それだけに、この中にいる本物のサムライはカンベエだけだと感じ、彼なりにキクチヨの傷みを案じた。案の定、キクチヨはその場でゴロリとフテ寝してしまった。

「やってられっか！　オレ様は寝る！」

わざとカンベエに尻を向けて、これ見よがしにその尻をかくキクチヨ。コマチはおろおろと、いらぬことを言ってしまったと半べそだ。喧嘩をおさめるつもりが、理由はわからぬながらかえってカツシロウとキクチヨを傷つけてしまったことだけはわかる。涙を浮かべてキララに助けを求めるようなコマチの肩に、キララはそっと手を添えた。カンベエはなぜ、こうもカツシロウに厳しいのか。

カンベエの言う「サムライ」とは、なんだ。

キララはカンベエの全身から常に漂う張り詰めた気に、どこか近寄りがたく、しかし磁力のように強い力を感じずにはいられなかった。カツシロウがカンベエを慕うのも、その力のせいなのか。

口をつぐみ、膝に乗せた拳を悔しげに震わせているカツシロウを、キララはいたわるように見つめていた。キララの視線を感じたカツシロウは、一瞬目を合わせたが、申し訳なさそうに目を逸らした。彼女を助けに行って気絶してしまったふがいなさ、カンベエに反論できない未熟さ、それらがないまぜになって、カツシロウの中で渦を巻き、くすぶっている。彼はそれでも、ここから逃げ出すつもりはなかった。

彼を支える言葉は、「武士に二言はない」。

一度カンナ村を守ると誓った以上、たとえカンベエに連れていかないと言われても、自分なりにその誓いを守りぬくと決めていた。また、そうしなければならないと信じていたのだ。

煩悶《はんもん》するカツシロウをよそに、カンベエは再び略地図に向き直り、思案を続けていた。

「野伏せりは四十騎と言ったな」

「へえ、おおよそは」

リキチが応じた。リキチは、内心ではカツシロウとキクチヨも連れていってほしかった。せっかく申し出てくれたというのに、カンベエは何を考えているのだろう……と、疑心暗鬼になっている。だが何も言い返せなかったのは、キララがカンベエを選んでいること、そのカンベエがカツシロウとキクチヨを認めなかったためだ。それでも村のためを思い、カンベエに情報の全てを語って聞かせた。

「紅蜘蛛型に雷電型、聞けば武装強化は必至だ。となれば、戦を生きた者ではとても戦えるものではない。さて……、サムライは僟をいれて、七人は欲しいところだ」

「七人……、ですか」

キララは反射的に数を繰り返していた。意外な数字だったからだ。

キララの反応を裏付けるように、リキチが言った。

「爺様《じさま》は四人と言うとったが」

「いや、七人だ」

カンベエは確信を持って言い切った。与えられた情報を基に役割を想定すると、多過ぎず少な過ぎず、理想的な数が七人だったのだ。

「おっちゃまは……、ダメですか？」

コマチが、カンベエの顔色を窺うように覗きこんだ。いじらしい姿にキクチヨが肩越しにその様子を振り返ってみたが、カンベエが答えるかわりに、リキチがたしなめるように反応してしまった。

「おサムライ様には、さからえねえだよ」

「ぶう」

コマチは不満そうに口をとがらせた。百姓にこう言われては、カツシロウとて動けるものではなかっった。

「なあカンベエさんよ。サムライなら、面白い男に心当たりがあるぜ」

黙って話を聞いていたマサムネが、ようやく口を開いた。

「ほう。どんな？」

言いかけたカンベエの目が、鋭く細められた。感覚を研ぎ澄まして近づいてくる者の気配を感じとる。

「おサムライ様……」

問い掛けてくるリキチを、カンベエは片手を挙げて制した。キララたちやカツシロウにも目線を投げて、「黙れ」とばかり、口元に指をあてて合図する。

カンベエは刀をつかむと、戸口へと駆け出した。

「なんだァ、おい!?」

キウチヨもカンベエの様子から異変を察し、大太刀を手にした。

「待ってくれ、キクチヨ殿」

カツシロウが立ち上がり、刀を腰にさした。

「なんでェ」

「キクチヨ殿はこの者たちを守ってくれ。先生のお側には、私が」

「自分ばっかかいいカッコすンのかよ」

キクチヨがからむが、いさめたのはマサムネだった。

「いいじゃねえか、好きなようにならせてやんな。守るのは攻めるより難しいんだろ、おめぇだって難しいことやって、ちったァ、カンベエさんに認めてもらわんとなあ」

「つかーっ、なんだよとっつぁん、あんたカンベエの味方か!?」

「おめぇだって降りる気はねぇんだろ!?」

「あったりめぇだ!」

「おっちゃま、村に来てくれるですか!」

顔を輝かせるコマチに、「おう!」とキクチヨが答えている間に、カツシロウはカンベエを追って戸口を出てしまっていた。その背を、キララが案じるように見つめ、つなぎ直した振り子をいつの間にか右手で祈るように握りしめていた。


表に出たカンベエは、背後に殺気を感じて鯉口を切りつつ振り返った。

力を抜いて立っていたのは、ヒョーゴだ。

「釣れた」

ヒョーゴは薄い唇を歪めて笑みを見せた。

出てきたカツシロウはヒョーゴの姿を見とめた。一見力を抜いて隙だらけに見えるが、それも兵法、一分の隙もない。カンベエが不用意に抜刀しなかったのもそのせい、甘く見て飛び込めば瞬殺されるのが関の山だ。

「そのようにこれ見よがしに殺気を放っていてはな。疲れるであろう、気の矛を引いてもよいぞ」

「どうも」

ヒョーゴは嬉しそうに、鼻にかけた眼鏡を指先でずりあげた。

往来に人影はない。かむろ衆が人払いを図り、通行止めにしてしまったのだ。虹雅峡特有の濁った重い空気が、下層ゆえにどんよりと湿って肌にまとわりついてきた。下から噴き上がってくる風が、ヒョーゴとカンベエの長髪をなびかせた。

「何者だ」

「俺はヒョーゴ。虹雅峡差配アヤマロ公に仕えている。貴様は百姓に雇われたサムライか」

「左様、島田カンベエと申す。して、何用か」

「は！　米に買われた食い詰め浪人ごときが！」

ヒョーゴはまだ刀に手をかけていない。充分な間合いをとり、カンベエがどれほどの力かをはかろうとしていた。

「貴様らの雇い主は虹雅峡の秩序を乱す。貴様も、貴様の雇い主どもも、他の米で買われたそこの小僧も、機械のサムライも、死んでもらう」

カツシロウはヒョーゴの目線をまともに受けて面食らいながらも、あまりにも一方的な宣告に体がカッと熱くなるのを感じた。木賃宿の中にいたキクチヨとキララたちにもヒョーゴの声は聞こえた。

「お前さん方、マロ様に目ェつけられちまったなァ」

マサムネが嘆息交じりに言った。サムライ探しの端緒にやっとついたというのに、面倒の種が増えたのだ。

「マロ様……？」

初めて聞く名前にキララもリキチも戸惑うばかり。しかし問う間もなく、キクチヨが動いた。

「許せねえ。勝手なことほざきやがってよォ！」

せっかく塞いだ壁の穴をまたしてもブチ破って、キクチヨも外に飛び出した。カツシロウに言われた役目など放りだし、ヒョーゴに一太刀浴びせようと力任せに大太刀をふりかぶった！

瞬間、ヒョーゴの眼鏡の奥で、瞳が凄艶な輝きを放った。

カツシロウは、ヒョーゴの抜刀をあまりの速さに視認する事が出来なかった。ヒョーゴは腰に吊った軍刀を抜き放ち様、抜刀の勢いもそのままに袈裟《けさ》斬りを仕掛けた。

よけきれない！　とキクチヨが心臓を縮み上がらせた刹那《せつな》、カンベエが二人の間に滑り込んできた。カンベエは表情一つ変えず気合いの声もなく、淡々と、抜刀するなりヒョーゴの剣と斬り結んでいたのだ。

刃と刃が噛み合い火花が大きく飛び散った。地面を擦過する足に、砂埃が舞った。

キクチヨはよけた拍子に仰向けにすっ転んだ。すかさずカツシロウが駆け寄った。

「大丈夫か、キクチヨ殿！」

「おう、なんてこたぁねえぜ！」

キクチヨは跳ね起き、カンベエとヒョーゴの刀をからめた対峙に見入った。まさしく、刀を使う者の戦いだった。

カンベエは片手の力を抜いた。その途端、ヒョーゴの重心が揺れ、隙が生まれた。見逃さず、カンベエはヒョーゴに踏み込んだ。

ヒョーゴはすぐに体勢を立て直して一歩下がり、カンベエが踏み込むに任せて逆に懐をガラ空きにさせた。すかさず、腹に向かって刃を突き出した。カンベエはこれを受けとめ、刀の峰に手を添えて押し切った。

一進一退と見てとるや、ヒョーゴは飛び退いて離れた。カンベエも下がり、下段の構えで間合いをとった。

「先生！」

カツシロウが加勢しようと踏み出した途端、ヒョーゴの声が一変した。

「下がれ、小僧！」

重く鋭利な響きをまとったその声音《こわね》は何者も寄せつけず、柄《つか》に手をかけたままカツシロウはもうそれ以上近づけなくなってしまった。キクチヨも同様で、魅入《みい》られたようにカンベエとヒョーゴの戦いを凝視していた。

それは、木賃宿のキララたちも同じだった。百姓たちには窓越しに見るサムライどうしの戦いは目のそらせないものだった。

「貴様らは後だ」

ヒョーゴはカンベエを見据えながら、カツシロウとキクチヨを再び威嚇した。

「アキンドの用心棒にしておくには惜しい腕だ。サムライだというのに」

下段の構えを崩さず、カンベエは言った。

「どうも」

「儂と組まぬか」

カツシロウたちも、キララたちも、何を言い出すのかと声を失った。敵として襲撃してきた男を、サムライというだけで誘うカンベエの豪胆ぶりは、彼らの予想をはるかに超えていたのだ。

対してヒョーゴは、張り詰めた空気を吹き飛ばすような高笑いをあげた。

「俺に、百姓に仕えろとでも!?　くだらん、貴様と一緒にするな」

「腹いっぱいの飯が食えるのだがな」

「残念だな、腹は減っておらん」

「道理で……。腕は申し分ないというのに、剣の冴えが満腹のそれだ」

「空きっ腹抱えた野良犬が偉そうなことを！」

ヒョーゴは上段から斬り込んできた。

カンベエは下段からヒョーゴの剣をはね上げた。交差する刃《やいば》に再び火花が散った。

カンベエの剣がヒョーゴの羽織に切っ先をかすめた。肩先が切り裂かれたが、ヒョーゴは体を素早くかわし、それ以上の踏み込みを許さない。打ちこんでくるカンベエから距離をとって刀を前に突きだし、牽制した。

ヒョーゴはときに薄笑いを浮かべ余裕を見せようとしていたが、じわりと額は汗ばんでいた。カンベエは息一つ乱さず、剣を交えれば交えるほど自分の動きが見切られていくかのようだ。

欲しいのはサムライ。カンベエにとって、飛び込んできたこの刺客は実に魅力的な存在だった。しかし自分を斬り、百姓を斬ろうというのなら話は別である。カンベエは既に百姓に雇われた身、雇い主を守ってこその契約だ。

これは、仕事だ。

カンベエは踏み込んだ。ヒョーゴもこれをとどめと懐を開いて誘い込んだ。

隙はどこにもない。カンベエは刀を逆手に持ち替えた。その動きに、ヒョーゴの目が撹乱された。と、次の瞬間にはカンベエの体はヒョーゴの懐にあった。刀をふりあげてカンベエの脳天を狙ったヒョーゴだったが、予想外の激痛が下から上に突き上げてきて、刀を握っていることさえ困難になった。

「っがっ…ぐあっ！」

かすれた悲鳴があがった。カンベエがヒョーゴの金的をつかんだのだ。

勝負の信じられない展開に、カツシロウは唖然としてカンベエを見つめた。キクチヨは思わず自分の股間を抑えていた。

のけぞってよろけながら、火花散る視界に悶えのたうちながらヒョーゴは刀を振り回した。カンベエは階層の淵、手すりまでヒョーゴを追いつめると表情一つ変えずにヒョーゴの肩を狙い、刀を打ち降ろした。

それでもヒョーゴはサムライだった。激痛に脳天まで痺れながらも、カンベエの刀をかろ

うじて受け止める。カンベエがなおも打ちこんだとき、跳ね上がった剣の勢いに押されてヒョーゴはうずくまった。もはや勝負ではなかった。ヒョーゴは、目についた手すりを斬って自ら下層へ逃れる道を選択した。

「ヒョーゴ様！」

潜んでいたかむろ衆が一斉に飛び出してきた。カツシロウとキクチヨは我に返り剣を手にした。

数の上では圧倒的なかむろ衆は刺股《さすまた》を手に木賃宿を包囲したが、どうしても近づくことが出来ない。カンベエの放つ気が、それを許さなかった。

「早く拾ってやれ」

そう言い捨てて、刀を一振りすると鞘に収めた。今まで潜んでいながら、やっと出てくるような連中である。たとえ束になってかかってきても、瞬時に斬り伏せることも出来よう。だが、不要に剣を交えるつもりはカンベエにはなかった。

かむろ衆はカンベエの気迫に押され、なかには「はッ」と了承の声をあげる者までいて、ヒョーゴの落ちた下層へと階段を駆け降りていった。

「……あいつ、すげぇ奴だなァ」

キクチヨがほとほと感心したように言った。

カツシロウは、黙って木賃宿に戻っていくカンベエを驚嘆の目で見ていた。いままで見たどんな立ち合いとも違う。速く、凶暴で、抜刀の瞬間から商売の街を戦場《いくさば》に引き戻していた。そこには一切の雑念も観念もなく、純粋に生と死のやりとりしかなかった。だが解せないことも一つ。——敵をも誘うカンベエである。

「ここは危険だ。宿を移そう」

カンベエはキララたちに発つよう促した。

「ウチに来なよ。とッ散らかってる汚ねぇトコだが、好きに使ってくれや」

申し出てくれたのはマサムネだった。

「かたじけない」

「なァに、ホラ、アレよ。武士は相身互いってヤツ。いや、いまのはスカッとしたぜ。あのニヤケ野郎の金的やるとはなァ」

楽しそうに言うマサムネに、カンベエは微かに苦笑した。

［小説］SAMURAI 7 第一巻 了

［小説］SAMURAI 7　第一巻

2005年11月10日　初版第1刷発行

著　者　　冨岡淳広
発行者　　大滝　昇
発行・発売　　ゴマブックス株式会社
〒105-0001　東京都港区虎ノ門2－4－1　虎ノ門ピアザビル
電話　03（3539）4141
印刷・製本　　（株）平河工業社

2005 Printed in Japan　ISBN4-7771-0248-3 C0093